악가의 무신 9

2023년 8월 17일 초판 1쇄 인쇄
2023년 8월 22일 초판 1쇄 발행

지은이 서준백
발행인 강준규

기획 이기헌 왕소현 임동관 박경무 강민구 조익현
책임편집 천기덕
마케팅지원 이원선

발행처 (주)로크미디어
출판등록 2003년 3월 24일
주소 서울시 마포구 마포대로 45 일진빌딩 6층
Tel (02)3273-5135 **Fax** (02)3273-5134
홈페이지 rokmedia.com **E-mail** rokmedia@empas.com

차례

전진

서호에 명왕지독을 살포한 후 도주한 당청과 사천당가는 빠른 속도로 백명표국의 부지로 향했다.

백명표국은 혈교의 지부.

만약 가문과 관련된 장부가 이곳에 남아 있다면 모조리 회수한 다음 불필요한 건 전소시킬 작정이었다.

당청은 달리면서 이를 갈았다.

'삼양대 중 절반을 잃고 금기의 명왕지독까지 사용했다! 가문의 해가 되는 모든 요소를 막아야 해!'

명청천의 일에 합류한 순간부터 이미 엎질러진 물이었다.

명왕지독까지 사용해 서호와 항주를 망가트리게 된 마당이니 더는 거칠 게 없었다.

그 순간.

서걱!

비수 두 자루가 당청의 볼을 스치고, 함께 달려가던 가솔들의 목 줄기에 박혔다.

"커헉!"

바닥을 나뒹군 두 명의 가솔들에 이어, 세 발의 화살이 당청 곁을 스쳐 나갔다.

쐐액! 쐐액!

예리한 파공음과 함께 쏘아진 화살들은 조금의 오차도 없이 정확하게 가솔들의 사혈에 박혔다.

"습격이다!"

"동북쪽입니다!"

보국한이 황급히 소리쳤다.

"산개하라!"

삼양대는 화살을 피해 흩어졌고 보국한이 당청의 곁을 지켰다.

그 찰나 보국한의 눈에 당혹스러운 광경이 보였다.

가솔이 피한 화살이 마치 살아 있기라도 하듯 방향을 선회해 피했던 가솔에게 날아간 것이다.

"커헉!"

방심했던 또 한 명의 가솔이 제대로 대응하지 못하고, 뒷목이 꿰뚫린 채 바닥에 고꾸라졌다.

보국한은 서둘러 다음 지시를 내렸다.

"연무탄을 터트려라!"

보국한의 하명에 따라 삼양대가 일사불란하게 일제히 바닥에 연무탄을 내던지듯 터트렸다.

타타타타탁!

불꽃이 튀며 안개와 같은 연무탄이 삽시간에 주변을 가득 메웠다.

당청이 육성을 내는 대신 보국한에게 전음을 보냈다.

연무탄을 터트린 지금.

괜히 목소리를 내는 건 상대에게 위치를 알리는 꼴밖에 되지 않았다.

−기척을 숨기고 매복한 게 틀림없소. 나는 물론이고 보 대주 역시 놈들의 기척을 못 느꼈잖소.

−그럴 리 없습니다. 우리의 움직임을 어찌 알고······.

보국한은 도통 이해가 되지 않았다.

신처럼 모든 변수를 꿰뚫어 보지 않는 이상 이렇게 완벽한 매복을 준비해 뒀을 리가 없다.

'설마······.'

순간적으로 왔던 길이 떠오른 보국한은 이 길이 어디로 연결되어 있는지 단숨에 파악했다.

'항주 도심.'

이곳은 서호와 항주가 맞닿은 교차 지점이었다.

그렇다면 뻔했다.

-놈들은 악가의 소가주를 지원하기 위해 나온 자들입니다. 서호로 향하는 중에 우리와 우연히 마주한 것일 겁니다. 혈교의 습격도 제대로 통하지 않았나 봅니다.

-설사 그렇다 해도 놈들은 우리가 다가오는 기척을 느끼고 먼저 자리를 잡고 매복을 하고 있었소. 그건 대체 어떻게 설명할 것이오?

-예민한 감각을 가진 고수가 우리의 움직임을 더 빨리 파악하여 기척을 숨긴 게 틀림없습니다.

당청은 선택의 기로에 섰음을 직감했다.

-더는 거칠 게 없소. 모든 독을 씁시다.

당청 말대로 강한 고수들이 근방에 와 있는 이상, 가장 최선의 선택은 독무(毒霧)를 퍼트리는 것 말고는 없었다.

기다렸다는 듯 보국한은 그의 모습이 사라지기를 기다렸다가 품 안의 호각을 불었다.

피이이이익!

명분상 사천당가는 정파.

웬만한 일이 아니라면 극독을 사용하지는 않는다.

하지만 해금호(解禁號)가 울려 퍼지면 상황은 달라진다.

지난바 모든 독을 사용하라는 지시였던 것이다.

보국한과 당청은 비상으로 준비된 환약을 꺼내 삼켰다.

당가에서 합성된 독으로부터 일정 시간 동안 면역 효과가 생기는 면청환(免靑丸)이었다.

추추추추.

면청환의 약효가 돌자마자 두 사람은 품속에 넣어 두었던 수십 개의 대롱을 꺼내 연무 안에 터트렸다.

호각을 들은 당가의 가솔들까지 가세하자 순식간에 연무에 독무가 뒤섞이며, 전장을 독지(毒地)로 변화시켰다.

당가 내에서 합성한 수십 종의 독이 일제히 터져 나온 것이다.

하지만 끝이 아니었다.

당청의 눈은 그 어느 때보다 살벌하게 빛났다.

이제 중요한 건 오로지 적의 섬멸뿐.

구행개개섬멸진(構行鎧蓋殲滅陣)의 두려움이 놈들을 뒤덮으리라.

※

'비열한 것들.'

제일 먼저 전장의 변화를 느낀 것은 백훈이었다.

'독이야.'

서호로 향하던 악가뇌혼대는 우연히 마주하게 된 대대의 정체를 처음에는 파악하지 못했다.

하지만 놈들이 왔을 법한 곳은 서호뿐이었고, 그곳으로 향한 동료는 소가주뿐이었다.

그래서 둘 중 하나라고 추정했었다.

혈교 잔당 혹은 사천당가.

하지만 이젠 확실해졌다.

-독을 쓰는 걸 보니 우리 사천당가 놈들이 틀림없어. 놈들 역시 혈교의 무리와 합류한 거야.

-빌어먹을 놈들 같으니…….

-현재로써는 우리가 빠져나가는 속도보다 독무의 확산 속도가 더 빨라. 이제 놈들의 궤멸보다는 최대한 중독되지 않게 조심하면서 독무 밖으로 벗어나는 것으로 계획을 변경한다.

-알겠소.

백훈은 전력을 나눠서 다행이라고 생각했다.

설사 중독이 되더라도 독무 밖으로만 빠져나가면 활을 겨누고 있는 금벽산과 그를 보조하는 호길을 통해, 추가적인 지원과 퇴로를 확실히 확보할 수 있었다.

그때였다. 당가 무사들의 기척을 파악하며 달려가던 백훈의 감각에 강한 위화감이 느껴졌다.

'기척 숨기기에 급급하던 놈들의 움직임이 일사불란해졌어. 왜지? 독을 믿는 건가?'

방금 전까지 놈들은 기습에 당혹스럽다는 듯 산개했다.

한데 갑작스럽게 결집된 행동을 보이기 시작했다.

코앞에서 대놓고 기척을 드러내면서 교차하듯 이동하고

있었던 것이다.

'다르다.'

백훈은 순간 악운이 당가를 언급했던 당시의 기억이 스쳐 지나갔다.

−백운표국이 혈교라면, 분명 그들과 손을 잡고 있는 사천당가와도 싸우게 될지 몰라. 강한 집단이니 조심해 두는 게 좋을 거야.

−싸워 본 것처럼 말하네?

−태양무신의 기록을 통해 접한 바 있어. 만약 그들과 집단전이 벌어지게 된다면 독만 조심하며 움직여서는 안 돼.

−그럼?

−독을 통한 덫이 가장 위험해. 사천당가는 독으로 주의를 돌리게 만든 뒤 다른 비책을 쓴다고 하더군. 이를테면…….

'각종 암기!'

멈칫한 백훈은 서태량의 앞을 손으로 막았다.

악운의 말대로라면 당장 해야 할 건 전진이 아니었다.

−서 형, 방패를 들어. 뭐가 날아올지 몰라.

−알겠소.

천룡채와의 싸움 직후 다시 수리를 받은 서태량의 방패는 전보다 더욱 견고해져 있었다.

태량의 내공을 실으면 암기의 여파 정도는 막아 내기에 충분하리라.

부웅!

준비를 마치자마자 백훈의 검이 강기를 일으켜 눈앞의 땅거죽을 헤집었다.

콰콰콰콱!

그 순간.

퍼퍼퍼펑!

땅속에 숨겨져 있던 암기들이 일제히 얇은 실을 따라 위로 솟구쳤다.

독이 묻은 수천 개의 침과 정이 회오리치며 비산했고, 그 여파로 인해 주변의 땅거죽까지 모조리 뒤집히며 여러 개의 구덩이가 파였다.

쿠아아앙!

자갈과 모래와 충돌하며 발동된 덫에서 암기들이 백훈에게 쏟아지자, 미리 기다리고 있던 서태량이 그의 앞을 방패로 대신 가로막았다.

콰콰콰!

백훈의 눈에 이채가 흘렀다.

'소가주의 말대로였어!'

주변에 가득 퍼져 있는 독무는 일차적인 공격이었을 뿐,

진짜 적의가 담긴 다음 공격은 투명한 실을 따라 이어진 암기 덫이었던 것이다.

하지만 진짜 문제는 따로 있었다.

'놈들의 위치가 계속 바뀌고 있어. 계속 확인해 가면서 전진했다가는……. 독무의 영향권에서 벗어나기도 전에 중독되어 죽을 거야. 최악이구나.'

그 찰나.

"흡……."

서태량이 짧게 호흡을 토해 내자마자, 그의 눈이 붉게 물들어 갔다.

'안 돼!'

태량은 최대한 내공으로 밀려드는 독기를 견디는 듯 보였지만, 지금 주변에 퍼진 독무는 당가 내에서도 극독으로 취급되는 것들로 이뤄진 게 틀림없었다.

오래 버티지 못할 것이다.

'제길!'

백훈은 놈들의 간교한 계략에 이를 갈았다.

결국 방법은 하나밖에 없었다.

꾸ᅳᆨ

당청은 쉽사리 움직이지 못하는 적들의 기척을 느끼고는

회심의 미소를 지었다.

놈들이 어떤 고수든 간에 독은 다른 차원의 문제다.

'대비되어 있지 않다면 중독될 수밖에 없을 것이야.'

내로라하는 혈교의 궁주와 악가의 소가주만 봐도 그랬다.

지금쯤 명왕지독에 휩쓸려 지금쯤 그 흔적조차 없이 사라졌을 터.

시간은 이쪽 편이다.

이대로 놈들은 암기가 두려워 적극적으로 전진하지 못하고 시간만 끌다가 무리한 선택을 하게 될 것이고.

그동안 무수히 많은 암기가 놈들의 명줄을 끊어 놓거나 극심한 피해를 입히게 되면 당가의 무인들이 일제히 합공을 시작하는 것이다.

'어서 지치고, 무너져 버려라. 그래야 네놈들의 팔다리를 갈기갈기 찢어 놓지.'

당청의 눈에 살의와 광기가 한데 뒤섞였다.

그리고 마침내, 펼쳐 놓은 암기의 덫들이 그의 의도대로 연속적으로 비산했다.

콰콰콰쾅!

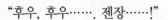

"후우, 후우……. 젠장……!"

악가의
무인

백훈은 태량의 부서진 방패를 내려다보았다.

방패는 손가락 길이의 정은 물론, 얇디얇은 침, 날카로운 비수 등이 수백 개나 꽂혀 있었다.

중독에 의해 보랏빛으로 물든 손도 수많은 상처로 엉망이 됐다.

혈교의 무사들과 싸우느라 지쳐 있던 백훈에게 연속적으로 펼쳐지는 당가의 암기 세례를 헤쳐 나오는 건 쉬운 일이 아니었던 것이다.

'눈이 부어 제대로 보이지도 않는군.'

내공으로 독성을 억누르고 있는 것도 이제 한계였다.

암기로 이뤄진 덫들을 정면으로 파괴하며 지나오느라 독성이 퍼지는 것을 완벽히 통제할 수 없었던 것이다.

"콜록……."

백훈은 검은 피를 토해 낸 후, 몸을 바들바들 떨며 버티고 서 있는 서태량을 쳐다봤다.

'코앞이건만.'

퍼져 있는 독무가 옅어지는 것으로 보아 이제 조금만 더 달리면 서 형과 함께 이곳을 벗어날 수 있어 보였다.

그러나 주변을 둘러싸고 있는 당가 놈들은 비켜 줄 생각이 추호도 없어 보였다.

"비겁한 종자 같으니……."

당청이 중얼거린 백훈에게 나직이 말했다.

"개인적인 원한은 없으나 네놈들은 본 가를 위해 살아서는 아니되느니라. 뭣들 하느냐! 다 죽어 가는 송장일 뿐이다. 쳐라!"

"명을 받듭니다!"

대기하고 있던 삼양대가 일제히 백훈에게 쇄도했다.

백훈은 그들을 향해 다시 검을 고쳐 쥐었다.

이제 내공은 한 줌도 남지 않았다.

짧은 시간 동안 심어 둔 것이라고는 믿기지 않을 만큼 은밀하고 강력한 암기 덫들이었다.

'이게 사천당가라 이거냐.'

무시할 수준의 적들이 아니다.

놈들은 악운의 말대로 충분히 천하의 패권을 다툴 만큼 강한 자들이다.

그러나 악가의 가솔이 되며 배운 것이 하나 있다.

'부러질지언정……'

백훈은 미약한 서태량의 숨소리를 느끼며 그의 팔을 꽉 잡았다.

"꺾이지 않겠다. 그러니 서 형."

서태량이 백훈의 손등 위에 힘겹게 손을 얹으며 대답했다.

"살아…… 나갑시다…… 대주."

"암, 그래야지."

다시 검을 고쳐 쥔 백훈이 사력을 다해 일갈을 토해 냈다.

"오너라! 내가 악가의 백훈이다!"

그 순간.

번쩍! 콰지짓!

강한 빛 무리가 백훈의 앞에 피어오르며, 백훈에게 쇄도했던 다섯 명의 삼양대가 일제히 양단되어 쓰러졌다.

쿵. 쿵. 쿵.

지푸라기처럼 무너지는 그들과 함께 백훈이 희미한 미소를 지었다.

"소가주."

"응."

"다…… 밟아 버려."

어느새 백훈의 앞을 가로막은 악운이 주작을 고쳐 쥐며, 눈을 부릅뜬 당청에게로 걸어갔다.

"그러려고 왔어."

명왕이 도착했다.

츠츠츠츠.

걸음을 옮긴 악운이 손아귀를 움켜쥐자 사방을 가득 메웠던 독무가 난데없이 소용돌이치며 뒤섞인 연무를 좌우로 밀어냈다.

콰콰콰콰!

악운을 중심으로 흐르는 광풍으로 인해 독무가 엄청난 속도로 소용돌이치며 악운이 펼쳐 낸 손바닥 안쪽으로 빨려 들어갔다.

쿠쿠쿠쿠.

빨려드는 강한 풍압만으로 주변의 땅거죽이 뒤집어졌다.

괴이할 만큼 경악스러운 신위를 마주한 당청의 눈빛이 세차게 흔들렸다.

'저…… 저게 대체…….'

저 독무를 이루는 건 평범한 독이 아니다.

수십의 독초, 독물, 귀한 짐승의 피 등으로 이뤄진 당가의 합성물이다.

'그런 독을 그저 손짓 한 번에 잡아당겨 흡수한다고? 아니, 그보다 어떻게 아직도 살아 있는 거지……!'

악운을 타고 흐르는 거대한 독의 와류(渦流)를 보며 당청은 그가 건재해 있다는 사실 자체가 믿기지 않았다.

명왕지독은 사천당가를 언제든 일으켜 낼 수 있는 최강의 독이다.

평생 그렇게 믿고 살았다.

당청이 발악하듯 일갈을 터트렸다.

"그럴 리 없다!"

마치 그에 반응하듯 악운이 주변을 가득 메운 독을 완벽히 몸 안에 가두고는 당청에게로 발걸음을 내디뎠다.

당청이 뽑아 든 채찍을 고쳐 쥐며 삼양대에게 소리쳤다.

"놈을 죽여라! 당장, 놈을…… 커헉!"

소리치던 당청은 어느새 목 줄기를 움켜쥔 악운에 의해 발버둥을 쳐야 했다.

"커헉…… 커흡!"

쥐고 있던 독문병기를 휘두를 틈도, 움직임을 눈치챌 여유마저 없었다.

눈이 벌겋게 달아오른 당청은 가래 끓는 소리를 내며 쥐고 있던 채찍을 기어코 휘둘렀다.

그 순간.

쐐애액!

어느새 악운이 쥐고 있던 주작이 살아 있는 것처럼 손을 떠나 날아온 채찍을 모두 쳐 내고, 그것도 모자라 채찍을 쥔 당청의 손목을 내리쳤다.

콰아악!

"으으으으읍!"

당청은 밀려드는 고통에 비명조차 지르지 못하고 몸만 부르르 떨었다.

"안 돼!"

하나 보국한은 악운에게 감히 덤벼들지도 못한 채 온몸의 솜털이 쭈뼛 곤두섰다.

당가의 무사로 살아오며 언제나 공포의 대상이 되어 왔지, 지금처럼 공포를 느낀 적은 없었다.

그런데 지금은 달랐다.

'명청천을 죽이고, 명왕지독을 이겨낸 것도 모자라……이, 이기어창까지……. 소가주는 상대를 잘못 택했다.'

보국한은 악운에 몸에서 흘러나오는 위압감에 부끄러울 정도로 완벽히 짓눌렸다.

격의 차이를 절감한 것이다.

그러나 이대로 소가주의 죽음을 보고만 있을 수는 없었다.

'하지만 뭘 어쩐단 말인가!'

회심의 명왕지독도, 각마 중에서도 최고라 불린 고수도, 모두 놈을 막지 못했다.

구행개개섬멸진까지 사용한 마당에 남은 건…….

"소가주를 놓아라, 이놈! 네놈의 목은 내가 가져갈 것이다!"

생각과 달리 호기롭게 나선 보국한의 소매에서 전갈 꼬리 형태의 촘촘한 암기가 튀어나와 악운의 온몸을 뒤덮었다.

화아아악!

하지만 어느새 날아든 주작이 강렬한 창강을 일으키며 모든 암기들을 일거에 쓸어버렸다.

그사이 보국한의 앞으로 삼양대의 가솔들이 뛰어들었다.

"대주님의 전진을 도와라!"

"소가주님을 구해야 한다!"

악에 받친 사천당가의 가솔들은 인의 장벽을 세워 보국한의 전진을 도왔다.

"커헉!"

"크흐흐흡……."

삼양대는 예상대로 추풍낙엽처럼 쓰러져 갔지만, 그 덕에
보국한은 크게 전진해 악운과 가까워졌다.

그 순간.

보국한의 눈동자가 새파랗게 빛나며 목에 난 핏줄이 불거
졌다.

'독확멸화공(毒擴滅化功)'

당가에 전해지는 비공 중에는 수련해 온 독공과 선천진기
를 일제히 끌어 올려 독인에 가까운 힘을 내는 금공이 있었
다.

기존에 일으킬 수 있는 독공의 위력보다 수십 배는 응축된
독을 일으킬 수 있게 되지만, 끝내고 난 뒤에는 죽음을 면치
못했다.

콰콰콰콰!

보국한의 온몸에서 강한 극독의 아지랑이가 피어올라 내
뻗는 쌍장에 휘감겨 뻗어 갔다.

스륵.

악운은 무표정한 눈빛으로 다가오는 쌍장을 쳐다봤다.

그 찰나.

악운의 의지에 따라 그의 정수리에서 솟아오른 묵룡이 밀
려드는 독기를 입을 벌려 먹어치웠다.

구구구구! 사아아악!

사납게 날뛰며 단숨에 모든 독을 먹어치운 묵룡은 거대한 해일처럼 보국한의 전신을 휩쓸고 지나갔다.

콰지지지짓!

묵룡에 닿은 보국한의 옷가지, 피부, 뼈, 피…… 모든 것이 녹아내렸다.

보국한은 비명을 지를 새도 없었다.

그저 잠시 동안 그간의 삶이 주마등처럼 스쳐 지나갔다.

그중에서도 하필 가주와 나눴던 짤막한 담소가 가장 강렬히 생각나는 것은 왜인지…….

ㅡ명왕지독이 막힐 변수를 알고 싶습니다. 소가주를 보필하는 데에 필요한 일이라 생각되옵니다.

ㅡ그럴 변수는 없다. 명왕지독을 막을 만한 변수는 외부에 있는 것이 아니라 내부에 있으니…….

ㅡ내부라면……?

ㅡ만독화인에 이른 자라면 가능하지 않겠느냐. 명왕이 따로 없겠지.

'설마.'

서서히 존재 자체가 지워져 가는 보국한은 섬뜩할 정도로 차가운 악운의 눈동자를 응시했다.

'네놈이…… 만독화인의…… 경지를…… 어찌?'

모든 것을 버리고 사천당가로 도망쳤어야 했다.

그랬다면 놈이 가진 이 힘이 사천당가에게로 알려졌을 것이다.

하지만 이미 때는 늦은 일.

보국한은 녹아내려 가는 발끝에 마지막으로 모든 힘을 실었다.

'네놈만큼은 반드시 저승까지 데려가 주마!'

놈과의 거리는 완벽했다.

삼양대의 희생과 독확멸화공까지 선보인 것은…… 이 마지막 한 수를 사용하기 위함이었으니.

보국한은 죽는 순간이라도 내심 웃을 수 있었다.

놈은 막지 못할 것이다.

'끝이니라.'

녹아내리는 보국한의 정수리 안에서 그의 모든 기운이 녹아든 결정체가 정(釘)의 형태로 튀어 나갔다.

하나 그때였다.

"단혼정(斷魂釘)이라……. 익숙하지."

악운의 나직한 중얼거림이 죽어 가는 보국한의 귓가에 울려 퍼졌다.

구구구구!

동시에 묵룡이 악운의 눈동자를 향해 쇄도한 정(釘)을 휩쓸며 소멸시켰다.

'노, 놈이 알고 있었다고……? 그럴 리가! 당가의 모든 비책을, 놈이 어찌…… 알았……다는…….'

보국한의 의식은 그것으로 끝이었다.

츠츠츠.

남아 있는 핏물마저 모두 독에 의해 증발해 버린 보국한은 유골 가루마저 밀려든 바람에 의해 좌우로 휩쓸려 사라졌다.

악운은 그가 죽은 자리 위로 조르고 있던 당청을 내던졌다.

콰당탕탕!

볼썽사납게 바닥을 내리구른 당청은 두 손으로 목을 잡으며 거친 연속으로 구역질을 해 댔다.

"우에엑! 크허헉!"

아찔했던 그의 의식이 조금씩 돌아오기 시작하자 인식조차 못 했던 광경이 그를 공포에 빠트렸다.

'모…… 모두 죽었단 말인가!'

당청은 입안에 가득히 머금었던 핏물을 뱉어 내며 잘게 몸을 떨었다.

삼양대는 물론, 늘 그의 곁을 보좌하던 보국한마저 모습이 보이지 않았다.

천천히 눈을 든 당청은 앞에 서 있는 악운을 올려다봤다.

'놈을 죽였어야 했다. 죽였어야 했는데…….'

생각과 달리 당청은 목 줄기가 쥐어진 채 무기력했던 방금 전의 모습이 스쳐 지나갔다.

놈의 눈빛만 봐도 두려움이 느껴졌다.

"으으……."

당청은 일단 피가 흘러내리는 통증을 이겨 내며 자신의 몸부터 지혈했다.

온갖 생각이 뒤죽박죽 스쳐 지나갔다.

잠깐의 침묵 끝에 당청이 어렵사리 제안을 꺼냈다.

"거……래를 하는 것은 어……떻소."

"해야지, 거래."

악운의 대답에 당청의 눈에 이채가 흘렀다.

삼양대를 잃기는 했지만 일단 살아야 복수를 할 수 있었다.

그의 얼굴에 잠깐 화색이 돌았다.

"현명한 생각이오. 나를 이곳에서 이렇게 죽인다면 본 가에서 결코 가만있지 않을 것이오! 아니지, 악가는 그대로 공적이 될지도 모르는 일이오. 아니 그렇소?"

봉두난발이 된 당청은 옷매무새를 가다듬으며 애써 태연한 신색을 유지하려 노력했다.

하지만 악운의 눈빛은 당청의 생각과 달리 별다른 반응 없이 담담하게 가라앉아 있었다.

"항주를 지옥도로 만들려고 했던 것치고는 태연하군."

"……."

"하나 묻지. 진작 서호를 떠난 너희가 아직도 남아 있다는 것은 혈교와의 거래가 입증할 수 있는 명백한 증좌들이 걱정되어서였나?"

"드러내 봐야 서로 좋을 거 없소. 이쯤에서 멈추시오, 소가주. 정파의 존폐 자체가 흔들리는 꼴을 보고야 말겠소?"

당청의 말에 담긴 의미를 악운이 눈치 못 챌 리 없었다.

이미 알고 있는 대로 당가와 협력한 다른 정파 세력들이 가만히 있지 않으리란 의미일 것이다.

"알면 알수록 네놈들은 끝없이 잘못된 선택만을 반복하는군."

"무슨 소리인지는 모르겠으나 내 말대로 하시오. 나를 그냥 보내 주게 된다면 가문에 내가 얘기해서 이번 일은 그저 없던 것으로……."

"그만."

단호한 악운의 음성에 당청이 침을 꿀꺽 삼키며 입을 다물었다.

이미 악운에게 완벽히 압도된 것이다.

"결정은 내가 해."

"아, 알았소."

그 순간, 악운의 손에서 지풍이 빛살처럼 빠르게 뻗어 나갔다.

쐐액!

선회한 지풍이 단숨에 당청의 양 발목을 꿰뚫자 당청이 비명을 지르며 바닥을 굴렀다.

지풍이 신법을 펼쳐야 할 발뒤꿈치 요혈을 관통해 버린 것이다.

"끄아아악!"

"여기 있어. 네놈과는 아직 정리해야 할 일이 남았으니까."

악운은 짧게 대화를 마치고, 악가뇌혼대가 있는 방향으로 걸음을 옮겼다.

중독되어 있는 가솔들을 두고 당청과 오래 대화를 나눌 수는 없었다.

❧

이미 금벽산과 호길은 운기에 들어간 서태량과 백훈 옆을 지키고 있었다.

"소가주……."

"소가주님……."

"제게 지원을 오다 놈들과 마주한 겁니까?"

금벽산이 고개를 끄덕였다.

"그렇소."

"호 소협과 함께 호법을 계속 서 주십시오."

"그러리다."

이어서 호길이 악운에게 물었다.

"괜찮은 거겠죠?"

"걱정 말아요."

"예!"

악운이 저리 대답한다는 건 확실한 방안이 있다는 소리 였다.

한 발 물러난 호길을 본 악운이 두 사람 중 백훈부터 살 폈다.

상세는 둘 모두 심각했지만 백훈이 훨씬 나빠 보였다.

하나 살릴 수 있다는 확신이 들었다.

'어렵지 않아.'

악운은 이번 기회를 통해 완벽히 명왕지독을 자신의 것으 로 받아들였다.

사실상 사천당가가 쌓아 온 모든 독의 근간을 다룰 수 있 게 된 셈이다.

그런 면에서 당가에서 합성된 종류의 극독은 만독화인의 경지에 이른 악운에게 있어서는 삼키기 좋은 먹잇감에 불과 했다.

하지만 문제는 그 독이 현재 두 사람의 내부에 자리 잡은 내공과 충돌한다는 것이었는데……

'혼세양천공 덕을 톡톡히 보겠어.'

상대의 내공과 충돌하지 않고 조화롭게 기를 흐르게 하는
건, 혼세양천공이 가진 최고의 강점이었다.

손에 쥔 묵룡과 혼세양천공.

이 두 가지면 두 사람의 해독은 그리 어려운 일이 아니었
다.

츠츠츠츠.

우수의 혼세양천공과 좌수의 묵룡이 백훈의 명문혈에 닿
아 빠른 속도로 스며들어 갔다.

웅! 웅!

새카맣게 물들었던 혈색이 조금씩 돌아오기 시작했다.

동시에 지켜보던 호길과 금벽산의 눈에 희망이 깃들었다.

멀리, 동이 트고 있었다.

꿈

"끝인가……."

알하는 도를 늘어트리며 거칠어진 호흡을 다스렸다.

주변에는 시신으로 인한 피비린내가 가득했다.

하지만.

미리 세워 둔 저지선을 중심으로 악로삼당과 악가뇌혼대
그리고 지원을 나온 여러 상단의 각 호병들 덕분에 도심 안

쪽까지는 이 치열했던 전투의 여파가 가지 않을 수 있었다.

'다행인 게지.'

창공의 매처럼 모든 상황을 드넓게 보는 현명한 부각주는 그마저도 고려했던 것이리라.

그때 호사량이 다가왔다.

"노고가 많으셨소."

"노고는 무슨. 가문을 위해서라면 응당 싸워야 하는 것이 내 존재 이유요. 그간 부각주의 활약 소식을 들으며 미안하기도 했다오."

"별말씀을 다하시오. 그보다 피해가 예상보다 컸소."

"슬픈 일이나 형제들은 전사였소. 모두가 살면 좋겠으나 죽음이 피할 수 없는 숙명이라는 것쯤은 모두가 받아들이고 있소. 중책을 맡고 있으니 필요한 부담일 것이나, 죄책감을 가지진 않아도 되오. 슬픔은 같이 나눕시다."

알하의 위로에 호사량은 조용히 고개를 끄덕였다.

가솔들이 치열하게 싸워 준 덕분에 항주는 본래의 자유로운 상권을 되찾게 될 것이고, 앞으로 개방될 수로를 통해 다시 재도약하게 되리라.

"자, 이제 다음은 무엇이오?"

이어진 알하의 반문에 호사량은 백훈이 향한 곳을 쳐다봤다.

"시신의 수습은 각 상단에서 맡아 주기로 했소. 그사이 우리는 병력을 둘로 나눠 일부는 소가주가 있는 서호와 백명표국 양쪽으로 향할 것이오."

백훈이 깨어나자마자 말했다.

"죽었냐, 나?"

말도 안 되는 반문에 서태량이 웃음을 터트리려다 말고 가슴뼈를 매만지며 끙끙 앓았다.

"푸흡, 으으……. 아파 죽겠네! 웃기지 좀 마시오!"

금벽산도 그제야 웃음을 지었다.

"다들 웃는 걸 보니 별 탈은 없나 보군. 애쓰셨소, 소가주."

"마땅히 해야 할 일이지요."

고개를 저은 악운이 두 사람을 내려다보며 말했다.

"독기는 전부 체외로 배출시켰고 무리하게 무공을 펼치려다 꼬인 기의 흐름도 안정화시켜 놨습니다. 돌아가서 무리하지 않는 선에서 운기를 하도록 하고, 외부에 난 깊은 상처들은 내부의 독소를 배출시켰으니 처방한 약재를 먹으며 요양하면 차차 나을 겁니다."

서태량은 성치 않은 몸으로 악운에게 절을 올렸다.

"생전 처음 경험해 본 강렬한 극독이었는데 이리도 말끔히 해독하시다니요. 대단하십니다. 저는 또 한 번 소가주께 은혜를 입게 되었군요."

"방금 말씀드렸습니다, 푹 쉬어야 한다고. 이런 허례는 쓸데없이 몸을 쓰게 만들 뿐입니다. 진짜 은혜라고 생각한다면 몸부터 나아요."

"예, 주군."

서태량을 격려한 악운이 생각에 잠긴 호사량을 쳐다봤다.

"무슨 생각을 그리 해?"

"나도 절해야 하나, 하는 생각."

"안 어울려. 하지 마."

피식 웃은 백훈은 멀찍이 떨어져 있는 당청을 턱짓했다.

놈은 쥐죽은 듯 대 자로 뻗어 있었다.

"저놈, 당가 소가주야. 예전에 용모파기에서 본 적 있어. 하기야 놈들이 저놈을 지키려고 달려들던 꼴만 봐도 충분히 눈치챘겠지만."

"그래. 그래서 살려 둔 거야."

"뭐 하러? 놈들 때문에 가솔이 많이 죽었어. 생긴 것도 야비하게 생긴 것이 마음에 안 드는데, 콱 죽여 버리지!"

"놈에게 듣고 싶은 게 있어."

"뭘 들으려고?"

"사천당가의 약점."

깜짝 놀란 호길이 헛바람을 들이마셨다.

"헙……."

백훈은 호길과 달리 담담한 표정으로 넌지시 물었다.

"그건 그렇고, 혈교가 어찌 나오려나."

"알아낸 바에 의하면 놈들의 교주는 폐관 수련 중이야. 폐관을 마치면 머지않아서 현재 중원의 소식을 듣게 되겠지. 이미 나왔을 수도 있고. 아마 곧장 중원 침략을 서두르게 될 거야."

백훈이 수염을 쓸어내렸다.

"놈들도 과거에 피해를 많이 입었다면서? 일단은 지켜보지 않을까?"

"아니, 놈들은 교(敎)야. 신봉으로 이뤄진 곳이지. 놈들 같은 통치를 위해서는 강력한 위엄이 중요해. 한데 벌써 놈들의 주요 인물들이 둘이나 죽었어."

"자존심을 지키기 위해서라도 중원에 몰려올 거란 소리야?"

"농후해."

"그럼 솔직히 말해서 천하의 분쟁을 일으키지 않는 편이 나은 거 아니야? 우리가 분쟁하는 사이에 놈들이 몰려온다면……."

"혈교와 거래하던 게 들통난 이상 놈들은 혈교에 합세하여 지금 권력을 유지하려고 들 거야. 난 그 전에 무림맹을 통해 이 일을 공식화할 생각이고."

"설마, 소가주 너……."

무언가 짐작한 듯한 백훈이 말끝을 흐렸다.

"논의해 봐야겠지만 그래, 나는……."

악운이 결연한 눈빛으로 말을 이었다.

"이번 일을 무림맹 재건의 확실한 기회로 삼을 거야."

전화위복은 괜히 있는 말이 아니었다.

"이제 가야겠어. 다들 돌아가서 쉬도록 해. 당청도 데려가고."

"소가주는 어디로 가려고?"

백훈의 반문에 악운이 걸음을 옮기며 대답했다.

"끝을 내야지."

❦

호사량은 말을 몰아 알하와 함께 백명표국에 당도했다.

최소한 남아 있는 위사들과의 충돌을 각오했던 상황.

한데…….

이미 표국의 대문이 활짝 열려 있었다.

"워, 워."

말을 멈춘 호사량이 대문 안쪽에 널브러진 시신을 응시했다.

혈교의 무사로 보이는 자들은 하나 같이 검에서 검집도 뽑지 못한 채 죽어 있었다.

'검을 뽑을 여유조차 없이 습격을 당했어.'

이윽고 호사량의 입가에 희미한 미소가 스쳤다.

"병력을 괜히 나눴나 봅니다."

"그게 무슨 소리요?"

알하의 반문이 끝난 찰나.

대문 안쪽에서 누군가 걸음을 옮기며 걸어 나왔다.

동시에 알하의 눈이 빠르게 커졌다.

"소가주!"

날듯이 말에서 내려온 알하와 함께 그가 이끄는 악로일당
의 무사들이 일제히 제자리에 부복했다.

"소가주를 뵙습니다!"

우렁찬 외침과 함께 알하가 오랜만에 만난 악운을 부둥켜
안았다.

"걱정했소이다! 다친 데는 없으시오?"

진심 어린 알하의 걱정에 악운은 마음이 따뜻해짐을 느끼
며 고개를 끄덕였다.

"예, 오랜만에 뵙지요. 다른 당주님들은 어디 계십니까?"

"소가주를 돕기 위해 서호로 향했소! 어찌 된 것이오?"

악운은 알하에게 있었던 일을 간략히 설명했다.

서호에 독을 풀었다는 대목에서는 알하의 눈빛이 살의로
희번덕거렸다.

"쓰레기 같은 놈들."

그렇게 잠깐 동안 알하와 담소를 나눈 알하 옆으로 호사량이 걸어왔다.

"하면 안에 위사는 더 이상 없는 것이오?"

"네, 없습니다. 되레 여러 정보들을 전소시킬 위험이 있을까 싶어 습격했으니까요."

"현명하시오. 그럼 위사만 정리했을 뿐 아직 안에 쓸 만한 정보가 있는지 여부에 대해서는 모르는 것이겠구려."

"맞습니다. 하나 사천당가에서 유출을 꺼릴 법한 증좌들은 제법 쌓여 있으리라 예상됩니다. 혈교 입장에서도 언젠가 사천당가를 겁박할 만한 패 하나 정도는 있어야 할 테니까요."

"옳은 말씀이오."

곁에 서 있던 알하가 악로일당에게 하명했다.

"현 시간부로 악로일당은 놈들이 남긴 모든 증좌를 하나도 빠짐없이 수색할 것이다."

그 순간 악운이 고개를 저었다.

"아뇨, 이곳은 시간이 걸리더라도 저와 부각주 둘만 수색하는 것이 나을 것 같습니다."

"이유가 있으시오? 더 넓은 인원으로 수색하는 편이……."

"혈교는 녹록한 곳이 아닙니다. 아마 내부에 기문진식을 통한 비밀 공간들이 많으리라 예상됩니다. 그 말은……."

호사량이 눈을 빛냈다.

"위험할 수 있다는 뜻일 터."

"맞습니다. 해서 기문진식에 조예가 있는 부각주와 제가 가는 편이 여러모로 효율적입니다. 수가 많으면 갑작스러운 대처에 반응이 느려집니다."

조용히 고민하던 알하가 말했다.

"하면 나와 부각주가 가는 것은 어떻겠소? 소가주는 가문의 다음 대를 이어 갈 귀한 몸이오."

"일당주님."

"말씀하시오."

"우리 가문에 귀하지 않은 목숨은 없습니다. 소가주는 가솔을 지키기 위해 있는 자리입니다. 필요하다면 기꺼이 해내야 할 일들입니다."

알하는 전각이 붕괴됐을 당시 악정호의 모습이 스쳐 지나갔다.

아니 그 일 외에도 수많은 위기의 순간 속에서도 악정호는 가솔들을 지키기 위해 한 번도 물러섬이 없었다.

소가주도 역시 매순간 그랬다.

그건 두 사람이 특별해서이기도 했지만, 그간 악가에 몸담으며 느낀 것이 하나 더 있었다.

가솔 하나하나가 꺾이지 않는 불굴의 기세를 가지게 되는 건 진짜 이유는……

'두 분이 모두가 존귀할 수 있는 악가를 만들고 있기에.'

악운을 통해 또 한 번 악가의 자부심을 깊이 느낀 알하가 존경의 뜻을 품고, 고개를 숙였다.

"신(臣) 알하, 소가주의 뜻을 따르리다. 푸른 늑대의 가호가 소가주의 곁에 머무르니 반드시 무탈하게 돌아오실 것입니다."

"고맙습니다."

악운은 그 인사를 남기고 호사량과 나란히 장원 안으로 걸음을 옮겼다.

꿈

악운은 호사량과 함께 면밀히 장원 안의 전각들을 살펴 갔다.

각 전각은 간격이 넓게 정(井)자 형태로 놓여 있었고, 마치 망루처럼 서로가 서로를 감시하는 듯 배치되어 있었다.

호사량이 빠르게 눈치채고 말했다.

"내부로 들어온 습격을 감시하기에는 최적의 전각 구성이오. 확실히 안에 숨긴 것이 있긴 있는 모양이오."

"예, 저도 느꼈습니다."

"남아 있는 위사들을 습격하며 얻어 낸 정보는 따로 없소?"

"동쪽의 전각들이 주로 그들의 병력들이 머무는 처소였습니다. 그들이 데리고 있었던 시비나 시종은 전부, 서쪽 전각에서 움직이더군요."

악운은 기습이 끝난 직후.

외부에서 영입된 시비와 시종들을 모두 풀어 주었다.

혈교는 영리하다.

절대 잡역을 하는 외부 인원을 교도로 두지 않는다.

그건 악운도 이미 경험한 바 많았다.

이윽고.

악운의 얘기를 모두 들은 호사량의 시선이 북쪽의 전각에 머물렀다.

"흐음…… 역시 그런가."

"왜 그러십니까?"

"내 식견으로는 동쪽과 서쪽 그리고 남쪽의 전각들이 북쪽의 전각 하나를 둘러싼 듯한 위치요. 해서 고심하던 차에 소가주의 이야기를 들으니, 어쩌면 북쪽 전각에 그들이 감추고 싶은 것들이 있을지 모르겠다는 생각이 드오."

"시비들에 의하면 국주의 집무실은 남쪽의 전각에 있었다고 합니다. 또한 남쪽 전각이 북쪽과 미묘하게 가까운 것도 사실이지요. 가까이 두고 싶었을 가능성이 있습니다."

"충분히 가능성 있는 추측이오. 북쪽 전각부터 수색하는 것이 좋겠소."

"예."

먼저 북쪽 전각을 향해 걸음을 내딛는 호사량의 뒤를 따라 붙으며 악운의 눈빛이 가라앉았다.

'과연, 무엇을 감춰 두었을까?'

모르긴 몰라도 전각 안에 감춰둔 것들이 어떤 것이냐에 따라서 천하가 크게 격변할 것은 분명했다.

같은 시각, 항주 내에 작은 과일 점포에서 전서구가 날아올랐다.

전서구의 발목에 매여 있는 전서에는 암호로 '항주 지부 궤멸'이란 단어가 쓰여 있었다.

그 전서구는 멀리 날아가 절강의 부양이라는 지역에 도착해서야 날갯짓을 멈추었고, 곧이어 부양에 대기하고 있던 인편들이 빠르게 말을 달렸다.

그들이 향하는 곳은 신강.

혈교 교주의 구중심처가 자리 잡은 천산이었다.

끼익.

악운 일행은 전각 안으로 들어가 사 층까지 모든 방을 돌며 기문진식의 존재 유무를 찾아보았다.

"외부 무사들을 제압한 뒤 샅샅이 살펴보았지만 내부에는 그 어떤 기척도 느껴지지 않았습니다."

"그만큼 이 안의 기문진식에 자신이 있다는 것 아니겠소? 따로 무사들을 배치하지 않아도 충분한 방비가 된다고 믿은 것이겠지."

"저도 그리 생각합니다."

"전각 자체에는 특별한 기문진식의 특징이 보이지 않소. 그저 외부 충격에 무너지지 않게 견고하게 지어졌다는 것이 특징이라면 특징이겠지."

잠깐 고민하던 호사량이 말을 이었다.

"더구나 전각의 구조를 보면 내부의 계단이나 벽과 천장이 화려하오. 방도 무척 많았지. 이상하지 않소? 그 누구도 묵지 않는 전각인데 방이 많다는 것이……."

"객당으로 사용했을 수도 있지요."

"나는 아니라고 보오. 그저 눈을 속이기 위함인 것이지. 이런 경우 중요한 비고(祕庫)가 위쪽이 아닌 아래에 자리 잡고 있을 경우가 크오."

"지하로 향하는 통로가 따로 있다고 추측하시는 겁니까?"

"그렇소. 이럴 땐 역시……."

"방책이 있으셨군요."

호사량이 어깨를 으쓱였다.

"특별한 방책은 없소. 그냥 두드려 보고 비어 있는 소리가
나는 바닥이 있는지 살펴보는 거지. 때론 단순하게 최고의
진리라오."

악운이 헛웃음을 흘렸다.

～

얼마쯤 흘렀을까?

두 사람은 불을 헤집는 흑호(黑虎)가 음각된 커다란 벽 앞
에 섰다.

"밑이 비어 있는 소리가 나는데, 앞은 벽으로 막혀 있다
라……. 아무래도 이 벽 뒤와 바닥 아래쪽이 연결된 듯싶소.
하지만 묘하게 위화감이 느껴지는군."

호사량은 자신의 경험과 지식을 통해 기문진식의 존재를
살폈다.

'벽면은 얇지만 바닥과 이어진 이음새는 두껍다. 벽과 바
닥을 잇는 가동 기관일 가능성이 농후해. 이럴 경우 이 사이
에 암기나 다른 덫이 배치되어 있겠지. 벽을 통째로 부수는
건 위험해. 놈들은 어떻게 이 안을 다녔을까?'

호사량이 고심하던 찰나.

조용히 벽을 바라보고 있던 악운이 주작을 잠시 내려놓고

위로 솟구쳤다.

타닥!

순식간에 흑호에 시선이 머무른 악운은 벼락같은 속도로 허리에 차고 있던 도를 뽑아 들었다.

쐐액!

푸른 도신을 번뜩인 도 끝이 눈 깜짝할 새 음각된 흑호 앞에서 춤을 췄다.

고스란히 흑호 몸통에 난 무늬를 따라 이동한 도는 촌각도 되지 않아 음각된 흑호의 몸통을 스쳐 지나가며 모두 헤집었다.

오래 체공해 있던 악운이 땅에 내려선 순간, 아무 색도 없던 흑호의 눈동자에 박혀 있던 평범한 구슬이 붉은 광채를 내뿜었다.

구구구구!

이어서 좌우로 열리기 시작하는 문.

악운이 도를 거두며 말했다.

"뭘 그리 고심하십니까?"

"굳이 알 필요 없소. 그나저나…… 참 쉽게도 여시오."

헛웃음을 지은 호사량은 혀를 내두르며 물었다.

"계속 궁금했지만 이제야 묻는군. 그 도(刀)는 대체 무엇이오?"

"전리품 정도로 생각하시면 됩니다."

"전리품?"

"예, 한데 그 도가 열쇠와 같은 역할을 할 줄은 예상 못 했습니다."

"열쇠?"

"예, 이 벽화를 여는 방책은 초식을 구사하는 것이었습니다."

악운은 흑호의 형상을 보자마자 하나의 무공을 떠올릴 수 있었다.

오래 전 격돌을 지나 현생에서 다시 부딪치게 된 명청천의 도법.

'만정천룡도법(滿靖穿龍刀法).'

호사량이 보기에는 그저 평범한 벽화 음각 무늬가 악운에게는 만정천룡도법의 초식을 펼치기 위한 도로(刀路)로 보였던 것이다.

더구나.

도로의 폭 또한 정확히 가지고 있는 도날의 폭과 일치했기에 확신을 가지고 움직였다.

호사량은 잠깐 벽화와 악운을 번갈아 쳐다봤다.

"그럼 그 벽화에 관련된 무공을 소가주께서 이미 알고 있었단 말이오?"

"부딪쳐 봤으니까요."

호사량의 눈에 이채가 흘렀다.

"설마……."

"예. 백명표국 국주의 도법입니다."

"그랬구려."

호사량은 천천히 고개를 끄덕였다.

사실 이런 상황이 처음이었다면 호사량 역시 타 무공을 어떻게 구사할 수 있었는지 의아했겠지만……

소가주의 무공에 대한 경이로운 통찰력과 구사력을 본 적이 한두 번이 아니니 크게 놀라운 일도 아니었다.

"한데…… 산 넘어 산이군."

다시 문 안쪽으로 시선을 돌린 호사량은 지하로 통하는 계단을 보며 눈을 빛냈다.

계단이 있는 것이 문제가 아니었다.

문제는 계단이 세 개라는 거였다.

"환영진은 아닌 것 같군요."

"동의하오. 환영진이 가진 특징들은 딱히 보이지 않소. 주변에 환영진을 유지하는 매개체도 보이지 않고. 별다른 기의 흐름 역시도 느껴지지 않소. 보이는 대로 진짜 계단이오. 다만……."

호사량이 계단으로 진입하지 않고 수염을 쓸어내렸다.

"입구가 여러 개인 것으로 보아 안은 미로와 같이 설계되어 있을 가능성이 높아 보이오. 보통은 여러 개의 길을 교차시키는 기관토목술의 특징 중 하나지."

악운은 조용히 고개를 끄덕였다.

호사량의 의견은 충분히 공감하는 바였다.

오귀망(五鬼網)의 경우가 그랬듯.

혈교가 가장 자랑하는 진법의 형태는 미로진이다.

"이 안이 미로가 맞다면 어느 입구로 통하든 기관이 곧바로 작동하기 시작할 겁니다. 활로(活路)로 통하는 길은 오로지 국주인 명청천만 알고 있었을 테죠. 그가 죽은 이상 우린 활로를 직접 내부에서 찾아야 합니다."

"그건 내게 맡기시오."

"그러시지요."

이윽고.

호사량이 앞장서서 걸어가는 것을 본 악운은 쥐고 있던 주작을 계단 앞에 박아 세워 놓고, 그의 뒤를 쫓았다.

⊶∞⊷

호사량은 과거 모친의 가르침을 떠올리며 이동했다.

'만물이 순환하듯 미로도 역시 같다. 일정한 규칙에 따라 변화가 인다. 규칙성 있다는 것은…… 어찌 됐건 여러 길이 이어져 있다는 뜻이고, 안쪽으로 진입하기 위해서는 선택지를 줄여야 한다.'

호사량은 경공을 펼쳐 이동하며 검을 들어 지나가는 자리마다 표식을 남겼다.

이미 지나간 길은 물론, 각 교차로와 막다른 길까지 각자 다른 표식들을 새겨 넣었다.

얼마쯤 흘렀을까?

선택지를 빠른 속도로 줄여가던 호사량이 걸음을 멈추고 말했다.

"이제까지 나는 표식을 줄이며 진문(眞門)의 숫자가 몇 개인지, 길의 방위는 어디로 통해 있는지 등을 파악해 봤소. 그렇게 파악해 본 결과 이 미로의 구조는 내가 공부한 팔문금쇄진이 변형된 식(式)이오."

"하면 활문을 확실히 파악하신 겁니까?"

"애석하게도 아니오. 보통은 여덟 개의 문 중 사문(死門)은 두 개인데, 이곳은 모든 길이 사문으로 통하오. 마치 활문이 없는 것처럼……."

"죽어야만 나갈 수 있다라……."

"하지만 이해가 되지 않소. 분명 놈은 이곳을 제집처럼 드나들었을 텐데 사문밖에 존재하지 않는다니……."

난감해하는 호사량을 보며 악운은 과거의 기억이 스쳐 지나갔다.

호사량이 파악해 놓은 설명대로라면 이곳의 미로는 천휘성이 과거 경험했던 그 미로와 동일한 게 틀림없다.

'역천금쇄진.'

과거 혈교는 귀한 비급이 있다는 소문을 중원에 흘려 낸 후 수많은 중원의 무림인들을 미로 안에 가둔 적이 있다.

천휘성은 여러 가문의 청을 받아 한 여인과 함께 이 미로에 갇힌 무림인들을 구해 낸 적이 있었다.

'공교롭네.'

그녀가 바로 호사량의 모친인 제갈희선이었다.

　-쓰레기 같은 놈들이네요. 모든 방위를 사문으로 만들었어요. 우리도 갇히게 된 셈이네요.

　-죽어도 그냥 죽을 순 없지. 어느 사문이든 움직여 봅시다. 생사는 음양과 같은 것. 사문의 이면에 활문이 있을지 누가 알겠소?

　-잠깐만요. 다시 말해 봐요. 사문이 활문이 된다고요?

　-불가능한 일이오?

　-보통은요. 하지만 지금은 예외란 것을 전제해 둘 참이에요.

그녀에 대한 기억이 악운의 머릿속을 스치자 희미하게 미소 지으며 말했다.

"사문이 활문이 되는 경우는요?"

"그런 구조로는 보통 출입이 불가능…….."

말을 잇던 호사량이 눈을 번쩍 떴다.

"사문은 보통 뚜렷한 특징이 있소. 다른 길에 비해 서늘함이 강하고 벽을 비롯하여 모든 길의 결이 북쪽을 중심으로 이뤄져 있지. 한데 여긴 모든 길이 그리 보였지. 하지만 여긴 미로요."

"미로는 막히는 곳이 사문이죠. 빠져나갈 수 없으니까."

"그럼 내가 찾은 길은……."

"어느 쪽을 가든 더 깊은 곳으로 향할 수 있는 길일 겁니다. 사문이 활문이 된 셈이죠."

호사량이 씨익 웃었다.

"소가주는 천재요."

"그런 칭찬은 다른 분이 받으셔야 할 것 같네요."

"누구 말이오?"

악운은 대답 대신 미소 지으며 길을 옮겼다.

"누구냐니까."

호사량이 궁금했던지 악운을 따라가며 다시 한번 물었다.

"소가주의 말이 옳았소. 여덟 개의 문은 사문이 아니라 더 깊이 들어오기 위한 관문에 불과했소. 사문이 서로 통하듯 연결되어 있을 줄이야."

어떤 공부든 많이 한 사람일수록 구태의연한 인식의 전환에서 자유로울 수 없다.

그런 면에서 호사량은 방금 전 악운이 던진 질문이 크게 와닿았다.

악운의 질문이 아니었다면 발상의 전환이 불가능했으리라.

호사량은 미로를 뚫고 마침내 도달하게 된 동혈 입구를 응시했다.

저벅저벅.

훤히 뚫린 동혈 안은 곳곳에 박힌 진귀한 야명주와 횃불이 거대한 공동 안을 밝히고 있었다.

안쪽에는 계단이 난 단상이 높게 놓여 있었고, 단상 아래에는 작은 비석 상판이 마치 작은 무덤처럼 수십 개나 세워져 있었다.

호사량은 그중 하나의 비석을 살펴봤는데, 거기에는 낯익은 별호와 이름이 새겨져 있었다.

"청하봉검(淸河鳳劍), 진미양."

별호를 들은 악운의 눈에 이채가 흘렀다.

'청하봉검?'

낯익은 별호라는 것을 깨달은 찰나.

호사량이 먼저 청하봉검에 관한 이야기를 꺼냈다.

"아미파의 속가제자로 절강성 내에 청진문(淸眞門)이란 문파를 세운 문주라고 알고 있소. 혈교와 치열하게 싸우다 실종된 것으로 아는데, 왜 그 선배의 묘가……."

이어서 악운이 다른 비석을 살피며 말했다.

"제휘정검(制揮正劍), 은굉."

그의 이름 역시 호사량은 알고 있었던 듯 지체 없이 설명했다.

"청성파 속가제자 출신으로 금천 전투에서 크게 활약한 정검문의 문주요. 금천 전투에서 죽었다고 들었소."

호사량은 말이 끝나기 무섭게 진미양 비석의 목갑을 열어 보았다.

목갑 안에는 그녀의 유품이 있었고, 비석 옆에 있던 낡은 검의 검파에는 '청하'란 글자가 새겨져 있었다.

"그녀의 유품이오."

"이것 역시 마찬가지입니다."

악운의 대답을 들은 호사량은 목갑을 쥔 채 인상을 구겼다.

"그럼 이 비석들은……."

"명청천, 그자의 손에 죽은 이들의 무덤입니다. 놈은 자신이 제거한 이들을 되새기고 그들의 유품들을 이곳에 보관했던 겁니다."

"지독한 쓰레기로군."

호사량이 이를 갈며 살의를 드러냈다.

죽어서도 가족과 고향의 품에 화장되지도, 묻히지도 못한 것이다.

이 상황을 목도한 악운 역시 참담한 기분이 들었다.

'수많은 자신들의 제자와 속가제자가 이런 꼴을 당했음에
도 기어코 쥐고 있는 권위를 유지하고자 혈교와 다시 손잡았
다고?'

악운은 끓어오르는 노기를 누르며 단상을 응시했다.

이쯤 되니 저 단상에 무엇이 있을지 무척 궁금해졌다.

⚸

호사량은 단상에 세워진 네모난 비석을 응시했다.

놀랍게도 현무암 비석에는 다섯 개의 수결이 새겨져 있었
다.

"비석에 새겨진 건 각파 수장의 수결이오. 아미파, 사천당
가, 무당파, 공동파, 점창파라 새겨져 있소. 그리고……."

"흑마궁 궁주, 철홍의 수결이군요."

"……."

호사량은 잠시 할 말을 잃고 비석의 글줄을 읽어 내려갔
다.

비석의 제목은 '평화 이십 년 지약'.

……이 지약은 향후 이십 년간 유지될 것이며, 지약이 끝나

는 날 서로의 협조 아래 다시 지약의 연장을 검토할 것이다. 금
정회(金正會)의 회주 당평.

호사량의 표정이 더없이 딱딱해졌다.

사천당가가 혈교와 연관이 있는 것은 이미 소가주를 통해
알고 있었지만, 확실한 증좌를 찾고 나니 새삼 정파의 근간
이 얼마나 위태로워졌는지 마주하게 된 것이다.

그도 그럴 게 당평은 사천당가의 가주이자 정파를 이끄는
'팔우(八宇)' 중 한 사람.

그의 변절은 의미가 컸다.

"이미 혈교의 기반 아래 정파가 다시 세워진 것이나 다름
없구려. 많은 이들이 허탈해할 것이오."

"꼭 그런 것만은 아닙니다. 마음을 바꿔 우리와 합류한 정
파 세력들이 존재하니까요. 차차 바꿔 나가면 됩니다. 이미
많은 것들이 변했습니다. 산동성, 강서성, 절강성, 안휘성까
지도요."

"소가주의 말이 맞소. 우린 많은 걸 바꿨지."

"혈교는 더는 좌시하지 않을 겁니다. 조만간 우리를 향해
칼끝을 들이밀기 시작하겠죠. 그 전에 무림맹을 다시 과거와
같이 돌려놔야 합니다."

"우선 비석부터 챙겨야겠소."

"그러시지요."

호사량이 지약이 새겨진 비석을 집어 든 그때였다.

쿠콩. 구구구!

동혈에 진동이 전해지며 바깥의 기관들이 가동되는 소리
가 들렸다.

'이 비석이 기관 가동의 매개였나?'

호사량은 비석이 놓여 있던 단상을 빠르게 살피고는 서둘
러 악운을 쳐다봤다.

"비석과 연결된 기관 장치가 발동된 것 같소!"

"예, 놓여 있는 비석의 무게가 사라지는 순간 발동되는 건
가 봅니다."

"이런……."

호사량은 악운과 함께 빠르게 동혈 밖으로 나섰다.

그 순간.

두 사람 앞에 놀라운 광경이 벌어졌다.

동혈과 연결되어 있던 석실 복도의 일부 칸이 좌우로 이동
하더니, 석실 바닥에서 다른 석실 칸이 튀어나와 빈자리를
채운 것이다.

호사량이 눈을 부릅떴다.

이정도 규모의 변화는 조금도 예상 못 했던 일이었다.

"미로가…… 재구축되고 있다고?"

진입할 때 파악했던 미로의 형태가 아니라면 돌아가는 길
은 막막해진다.

심지어.

변형된 미로에 어떤 함정이 발동되었을지는 가늠조차 할 수 없었다.

호사량은 위기 속에 의문이 하나 들었다.

'명청천은 처음부터 이 비석을 가지고 나갈 생각이 없었던 것이었고, 침입자를 대비한 기관토목술을 대비해 뒀던 건가? 하면 이 미로에는 빠져나갈 수 있는 길이 없을지도 모르겠어…….'

생각이 복잡해지려던 찰나.

악운이 눈을 빛내며 말했다.

"명청천은 비석을 언제든지 가지고 나갈 수 있게 미로를 설계했을 겁니다."

"어찌 그리 확신하시오?"

"이 비석은 중요한 순간에 정파를 분열시킬 수 있습니다. 적절한 시기라고 판단되었다면 과감하게 이 비석을 세간에 드러냈을 겁니다."

"하긴……. 해서?"

호사량의 반문이 이어진 찰나.

작동하던 기관이 가동을 멈추고 새로운 미로가 됐다.

"제게 바깥으로 나갈 수 있는 방책이 있습니다."

"방책? 대체 언제 그런 방책을……."

의아해하던 호사량의 눈에 문득 주작을 들고 있지 않은 악운의 모습이 보였다.

'어째서 독문병기를 외부에…… 하지만 외부에 병기를 둔다고 한들 미로를 빠져나갈 수 있을 리가 없을 터인데.'

고심하던 호사량이 인상을 찡그렸다.

"소가주가 달라진 거라고는 독문병기를 밖에 두고 온 것뿐인데 그것과 방금 말한 방책이 어떤 연관성이 있는 것이오?"

악운이 담담히 대답했다.

"이기어창을 아시겠지요."

"이기어창이라면……? 아!"

이기어창이란 말에 호사량은 그제야 악운의 의중이 어디에 있는지 깨달았다.

'이기어창이란 믿기지 않는 기예를 펼치기 위해서는 무한한 내공뿐 아니라, 병기에 영혼의 의지가 공명되어야 한다고 들은 바 있다. 내가 아는 대로라면……'

호사량의 눈이 점점 더 커졌다.

그리고 호사량의 예상이 맞았다는 것을 증명하듯 악운의 손끝에서 청염의 실타래가 피어올랐다.

"밖에 남아 있는 주작이 저희를 밖으로 인도해 줄 겁니다."

악운은 창과 이어진 기의 실타래를 통해서 바깥과 이어진 활로를 찾을 수 있었던 것이다.

"그럼 소가주는 애초부터……."

"예, 계속 이기어창을 유지하고 있었습니다."

"정말 못 당하겠구려."

호사량은 진심으로 혀를 내둘렀다.

나름 나무가 아닌 숲을 보려고 노력해 왔건만, 정작 가장 중요한 위기의 순간엔 악운의 기지와 역량이 힘을 발휘한 것이다.

'만인을 통솔할 그릇과 운은 하늘이 내준다더니.'

호사량은 또 한 번 악운의 역량과 기지에 감탄하며 먼저 앞서가는 악운의 뒤를 따라나섰다.

❧

절강성에서 삽시간에 강호를 들썩일 만한 소문이 퍼졌다.

항주를 지배하며 암약하던 혈교의 지부가 만천하에 드러났고, 이를 산동악가가 밝혀냈다는 소문이었다.

그러나.

소문은 그저 소문으로만 끝나지 않았다.

악가와 신뢰가 쌓인 항주 상단들이 일제히 산동악가와 수많은 계약을 맺었고 거래를 시작한 것이다.

그 덕분에 수많은 상선이 준비되어 있던 악가 측에서는 운하 수송 사업의 발판을 제대로 넓힐 수 있었다.

항주 상인들의 자유를 되찾기 위해 치열하게 싸운 그날의 이야기를 수많은 호사가들은 입을 모아 떠들었다.

'항주개벽(杭州開闢)'이라고.

그리고……

⟨⟩

덜컹.

당청은 힘없이 손을 들어 손목을 빠져나갈 틈 없이 봉쇄하고 있는 수갑을 내려다봤다.

자연히 엉망이 된 몸이 보였다.

반대편 손은 잘려 나가 소매가 펄럭거렸고, 왼다리는 발목이 잘려 다신 쓰지 못하게 됐다.

'내가 어쩌다…….'

당청은 뇌옥에 갇히게 된 처량한 신세를 체감했다.

그 순간.

꿈에서도 마주하고 싶지 않은 사내가 일렁이는 횃불 사이로 선명한 그림자를 드러냈다.

"발악은 끝났나 보군. 정신 차린 후에 그렇게 소리를 질렀다던데."

악운의 담담한 말에 당청은 힐끗 악운을 쳐다본 후 다시 눈을 내리깔았다.

아직도 정면으로 마주했던 악운의 살의를 떠올리면 죽이

고 싶은 마음보다 두려움이 앞설 지경이었다.

소문은 전부 거짓말이었다.

놈의 진짜 실력을 소문이 가린 수준이다.

'어디서 이런 괴물 같은 놈이…….'

당청은 파르르 떨리는 몸을 진정시키려 하나 남은 손을 꽉 쥐었다.

"나를 이리 가둬 놓는다고 해결될 것은 없다."

"잠깐뿐이야. 곧 나가게 해 주지."

"나를…… 가문으로 보내 주겠다는 것이냐?"

"네 대답 여하에 따라서."

"어차피 네놈 때문에 단전이 다치고, 우수와 왼발을 잃은 신세가 된 나다. 내가 순순히 네놈이 원하는 대로 해 줄 거라고 생각했다면 오산이다. 가문에 해가 될 일은…… 하지 않아."

악운을 마주한 당청의 눈빛에는 적개심과 두려움이 뒤섞여 있었다.

상대의 감정을 관통할 만큼 직감이 예민해진 악운은 당청의 감정을 고스란히 느끼면서 말했다.

"그럼 넌 돌아가 봐야 더 이상 소가주의 자리를 유지하지 못할 거야. 당가가 그 어떤 가문보다 능력 위주의 인사를 편성한다는 사실은 모두가 알고 있어. 그럼 넌 찬밥 신세가 될 뿐일 터."

당청은 말없이 이를 갈았다.

악운의 말대로였다.

명왕지독과 삼양대를 통째로 잃었고, 혈교 지부와 연관이 있다고까지 밝혀졌다.

가문의 수치가 됐다.

"소문은 이미 항주 밖으로 퍼졌고, 사천성 전체에 이미 소문이 퍼졌겠지. 이미 너희 가주는 암행을 보낸 너의 생사와 그간 혈교와 결탁한 증좌가 드러날까 싶어 노심초사하고 있을 거야."

대화가 진행될수록 당청의 눈빛이 벌게졌다.

결국 참다못한 당청이 노기를 터트렸다.

"내게 원하는 것이 무엇이냐! 팔다리를 다 앗아 간 네놈이! 내게 더 이상 뭘 더 가져가려는 것이야!"

악운은 말없이 흥분한 당청을 내려다봤다.

"네놈은 항주를 망가트리려고 했어."

"……."

"혈교 지부와 연합한 당가의 삼양대로 내 가솔들을 짓밟으려고도 했지. 그럼에도 네놈을 갈가리 찢어 버리지 않은 이유는 단 하나야. 드러나면 가장 피해가 막심할 당가의 비처를 대."

"으하하하! 뭐라고? 그게 무슨 말 같지도 않은 소리더냐. 나를 반병신으로 만든 네놈에게 가문을 갖다 바치란 것이냐? 이런 실없는 소리는 처음 듣는구나!"

반쯤 실성한 것 같은 당청의 고함에도 악운은 아랑곳하지
않고 말을 이었다.

"우린 아직 당가가 혈교와 연맹을 맺었다는 소식을 세간에
알리지 않았어. 항주 상단의 도움을 받아 너희와 관련된 정
보가 새어 나가지 않게 도왔지."

"⋯⋯."

"이런 상황이니 당가는 우리를 주시하고 있을 거야. 그리
고 세간에 이 모든 사실들이 알려지기 전에 어떤 방식으로든
칼을 뽑겠지. 그런 상황에서⋯⋯."

악운이 철창을 부드럽게 쥐며 말했다.

"당가에서 널 가만히 놔둘 것 같아? 너는 혈교와 연합했다
는 결정적 증인이자 증거야. 한때 소가주였지만 지금은 눈엣
가시가 됐지."

당청은 순간 부친인 당평의 얼굴이 스쳐 갔다.

당평은 늘 가문을 위해 살라고 가르쳐 왔다.

그 뜻대로 두려움과 연약함을 감추고 아버지의 뜻에 따라
오로지 가문을 위해 살아왔다.

그런 노력 끝에 일가친척을 비롯해 다른 형제들을 제치고
자신이 소가주가 됐다.

하지만 소가주가 된 후에도 아버지의 폭압은 끝나지 않았
다.

매번 가주가 되려면 갖춰야 할 조건들을 명심하라며 꾸짖었다.

'나는 자결해야 한다. 아버지의 뜻대로라면……'

당청의 눈빛이 크게 흔들린 찰나.

지켜보던 악운이 다시 입을 열었다.

"넌 한 번도 자결을 택한 적이 없어. 애초부터 가문의 이익 따위는 네 마음속에 없었던 거야. 지금 넌 그저 여기를 빠져나가서 생존하고 싶을 뿐인 거지. 내 말…… 틀렸나?"

악운의 반문에 당청이 조용히 마른침을 삼켰다.

꿀꺽.

얼마쯤 흘렀을까?

잠시 동안의 침묵이 흐르고, 당청이 말했다.

"너희들은 본 가와 문파대전이라도 치를 셈인 것이냐?"

"전에는 필요에 의해였지만, 이젠 피할 수 없게 됐지. 내 가솔을 노린 너희를 무슨 명분으로 봐줘야 하지?"

"가주님께서 가만히 계시지 않을 것이다."

"왜, 금정회라도 움직여서 본 가를 공적으로 몰 것 같아?"

"벌써…… 거기까지 알아냈군."

"아미, 당가, 무당, 공동, 점창까지 혈교와의 결탁에 동의해 왔겠지. 그 대가로 수많은 정파의 고수들을 내줬고."

"그건 이 긴 평화를 위한 최선의 대의였다."

"너희들이 태양무신의 유산을 얻겠다고 사분오열만 안 됐으면 놈들을 걱정할 필요도 없었어."

"……."

"그러니 말해, 당가의 약점을."

"그럼…… 나는 어찌 되지?"

"필요한 일이 끝나면 우리 가문의 지원 아래 평화롭게 노후를 보내겠지. 너희 가문으로 돌아가는 것보다는 훨씬 나을 거야. 돌아가는 순간……."

악운의 눈이 새파래졌다.

"지하 공동에 갇혀 독인이 되어 버리거나 광인처럼 살게 되겠지. 당가는 가문의 수치를 조용히 살게 놔두지 않잖아."

한때의 당양희처럼.

균열

"어찌 되셨소?"

뇌옥을 빠져나온 악운을 맞이한 건 호사량이었다.

악운이 혼자 당청과 대화를 나누고 싶다며 홀로 심문에 들어섰던 것이다.

"생각할 시간이 필요한 모양입니다."

"그렇군."

"그래도 흔들리는 듯 보였습니다. 우리가 미로에서 찾은 증좌에 놀란 듯합니다."

"그럴 것이오. 설마 금정회의 실체를 우리가 밝혀낼 줄은 꿈에도 몰랐겠지."

"예, 조만간 그를 통해 우리가 얻을 수 있는 해답을 얻게 될 겁니다. 그 후에 무림맹 회합에서 그의 진술이 필요할 때도 오겠지요."

"흐음…… 아마 당가 측에서도 그 부분을 고려할 것이오. 어쩌면 당청을 제거하는 쪽으로 힘을 실을 수도 있소."

"하면 그들이 어찌 움직일 것 같으십니까?"

"나라면 소문을 듣는 즉시 가문의 전 가솔들을 이끌고 항주로 급파할 것이오. 이쯤 되면 다른 문파의 눈치를 볼 상황이 아니지. 아마 이와 관련된 모든 문파에 연통을 취할 수도 있소."

"그럼 우리도 슬슬 움직여야겠군요."

"일단은 움직이는 편이 나을 것 같소. 먼저 운하를 통해 안휘성으로 이동한 후에 남궁세가의 협조를 받아 머물 계획이오."

"삼당주들은 어찌하신다고 합니까?"

"어차피 남궁세가와 여러 사업을 공조하고 있었으니 당분간은 우리와 함께 동행할 듯싶소. 아, 그리고 제녕에 계신 가주님께는 현 상황을 전서구로 보고했소. 전서구를 받은 인편이 근 시일 내에 가주님께 현 상황을 알릴 것이오. 그보다……."

호사량이 근심 섞인 눈빛으로 말을 이었다.

"혈교가 어떻게 나올지 모르겠소. 이대로 두고만 보진 않을 터인데……."

"우선 가솔 일부를 보내, 현재 우리가 얻은 정보들을 곤륜에 알리는 것이 좋겠습니다."

"곤륜의 지원을 이용하여 신강의 동태를 살피자는 것이로군. 맞소?"

"예, 대규모 병력의 움직임은 그 어느 문파보다 곤륜 측에서 더 예민하게 반응할 겁니다. 물론 우리 또한 혹시 모를 변수를 대비해 언제든 곤륜을 지원할 준비를 갖춰 놔야 할 겁니다."

"이 일들의 실행에 필요한 제반 사항은 내가 고심해 보고 가문에 알리도록 하겠소. 하면 총관님을 비롯한 각 부처에서 가주님의 뜻에 따라 움직여 줄 것이오."

"예, 그게 좋겠습니다. 저는 그동안 당청과 이야기를 끝내 놓겠습니다."

"알겠소. 그럼 조금 쉬도록 하시오. 소가주가 지금 당장 가문을 위해 해 주어야 할 일은 없소. 몸을 회복하는 데 집중하시오."

악운은 조용히 미소 짓는 것으로 대답을 대신했다.

"내가 이리 말해도 결국 무슨 일이든 하고야 말겠지만."

"아닙니다. 오늘은 부각주 말씀대로 조금 쉬고자 합니다."

"듣던 중 반가운 소리구려."

호사량은 희미하게 웃어 준 후 자리를 떠났다.

제녕, 만익전장의 장원.

악정호는 귀빈실에 앉아 찻잔에 차를 직접 따랐다.

"귀한 분께서 친히 제녕을 찾아와 주실 줄은 생각지도 못했습니다. 영광입니다."

악정호의 인사에 차를 받아 든 청수한 차림의 노인이 허허로운 웃음을 흘렸다.

"허허, 빈도 역시 무림을 준동시키고 있는 악가의 가주께 차를 얻어 마실 수 있어 무척 영광이오."

악정호는 담담하게 미소 짓는 노인을 응시하니 기분이 묘했다.

그도 그럴 것이 그와 악가의 인연이 깊기 때문이다.

화산파의 전대 장문인이자 마지막 보루.

무너져가던 화산파를 재건하고, 일으킨 영웅이자 팔우(八宇) 중 한 사람.

'매화영공(梅花榮公), 청명(靑明).'

과거 천휘성이 아꼈던 일인이 별다른 수행원도 없이 홀로 제녕을 방문해 온 것이다.

'이게 얼마 만인지…….'

악정호는 오랜 세월이 지나 그를 다시 마주한 것에 두근거림을 느꼈다.

청명은 어린 시절 그가 동경하던 협객 중 한 사람이었으니까.

하나 비단 좋은 마음만 있는 것은 아니었다.

화산파는 악가와 혈맹이라 부를 만큼 두터운 관계였지만 정작 악가가 무너지는 순간에는 그 모습을 비추지 않았고, 어떤 도움의 손길도 내밀지 않았다.

정파 대부분이 그랬지만 화산파마저 그랬다는 건 당시 악정호에게 썩 유쾌한 기억이 아니었다.

그래서 오랜 세월이 지나 다시 그를 마주한 지금.

기분이 복잡 미묘했다.

그 마음을 눈치챈 것인지 찻잔을 내려놓은 청명이 넌지시 물어 왔다.

"생각이 많아 보이시오."

"오랜만에 뵈어서 그러나 봅니다."

"그렇구려……."

"……."

악정호는 깊어진 청명의 눈을 바라봤다.

청명 역시 심사가 복잡해 보이는 건 마찬가지였다.

"어쩐 일로 오신 것인지요."

"여러 소식을 듣고, 가주를 뵙고 싶어 왔소. 그리고 이것."

청명이 품속에서 꺼낸 것은 고이 접혀 있는 붉은 서찰이었다.

악정호는 그것을 보자마자 서찰이 무엇을 의미하는지 단숨에 알아챘다.

"이제야 맹의 회합이 열리는군요."

"맞소. 내 직접 무림첩을 가주에게 전해 주고자 이곳을 찾았다오."

청명은 현 화산파를 이끄는 장문인의 사형이었다.

전대 장문인까지 맡았던 이가 몸소 무림첩을 전해 주는 일은 분명 무척이나 이례적인 일이었다.

"영광이긴 합니다만……."

"물론, 무림첩만 용건으로 둔 것은 아니오."

"그러셨군요."

"최근 칩거를 해 오던 나 역시 악가의 관한 명성을 접할 만큼 정말 큰일들을 해내셨더구려. 솔직히 산동악가가 재건될 줄은 꿈에도 예상 못 했다오."

청명은 순간, 과거 천휘성의 시신을 끌어안고 있던 악진명의 모습을 떠올리며 마음이 가라앉았다.

잠자코 있던 악정호가 무겁게 입을 뗐다.

"……비겁하셨습니다."

직설적인 악정호의 발언에 청명이 지그시 입을 다물었다.

"그랬지. 빈도의 선택은 비겁했소. 하나 그것은 화산의 선택이 아니라 빈도의 선택이었을 뿐……."

"그것이 곧 화산의 선택이 되었지요."

"부정하지는 않겠소."

"아버님께서 마지막으로 제게 남기신 말씀이 있었습니다. 이제야 전하는군요."

"무엇이었소?"

"화산은 내가 죽는 순간마저도⋯⋯."

악정호가 기억을 되새기며 말을 이었다.

"혈맹일 것이다."

그동안 몰랐던 과거지사를 듣게 되자, 청명의 고요한 눈빛이 처음으로 세차게 흔들렸다.

"악 노야께서⋯⋯ 정녕 그리 말씀하셨단 말이오?"

"예, 그러셨습니다."

"그래, 그런 분이셨지. 그분은⋯⋯ 허허!"

청명은 쓰디쓴 기억들을 감내하며 말했다.

"빈도는 오랜 세월 과거의 선택을 후회하였소. 화산을 잃을까 싶어 두려웠던 게지. 하지만 맹주께서 신의로 쌓아 온 모든 것들이 무너지는 무렵을 볼수록 내 선택이 잘못되었음을 직감했소. 하나 바꿀 수 있는 건 없었지. 그 시절에도, 그 이후에도 빈도는 화산의 안위만을 걱정하기에 급급했소. 하지만 장문 직을 내려놓은 후에야 깨달았지."

청명의 눈빛에 짙은 음영이 드리워졌다.

"질 것을 인정한 매화야말로 썩은 매화임을⋯⋯."

"아직 끝난 것이 아닙니다. 선배님, 강호는 다시 들썩이고 있고, 아시겠지만 정파와 결탁한 혈교의 잔가지들이 속속들이 드러나는 실정입니다."

청명은 굳건한 악정호의 눈빛을 보며 생전 부리부리한 눈매의 악진명이 자연히 떠올랐다.

"부친께서 참으로 자랑스러워하실 것이오."

"저 역시 돌아가신 아버님께서 선배님을 그 어떤 벗보다 소중하게 생각하신 것에 대해 자랑스럽게 여기실 수 있기를 바랍니다."

청명은 악정호의 의중에 담긴 의미가 무엇인지 충분히 알고 있었다.

"빈도에게 무엇을 원하오?"

"이곳에 오신 연유가 우리 가문에 힘을 보태기 위해 와 주신 것은 아닌지요?"

"맞소. 화산은 악가에 빚이 있소."

"하면 무림맹 재건에 힘이 되어 주십시오. 우리 가문은 무림맹을 재건하여 혈교와의 진정한 종전을 펼쳐 보려고 합니다."

"현명한 뜻이오. 하면 이번 무림맹 회합의 화산파 사절단으로 빈도가 직접 가서 악가의 편에 서겠소. 본 파에서도 내 뜻을 크게 밀어내진 않을 것이오. 유원검가의 일만으로도…… 화산은 큰 우를 범했소. 기회가 된다면 빈도가 직접 그들에게 사과하겠소이다."

겸허하게 모든 상황을 받아들인 청명을 보며, 악정호는 그동안 마주했던 정파의 참담한 현실뿐만 존재하는 건 아니라는 것을 느꼈다.

황보세가, 남궁세가, 개방…….

그리고 화산까지.

무림맹 재건은 이미 시작됐는지도 모르겠다는 생각이 스쳤다.

"저를 찾아오셨다는 것은 이미 화산 내부에서 어느 정도 큰 결정이 났기 때문이겠지요?"

"그렇소. 더불어 한 가지 더 있소."

"어떤…….'

"개방의 건 분타주를 통해 들었소만, 오대세가 중 대부분의 가문이 그간 다툼의 원인이 되어 온 태양무신의 유산들을 포기하려 한다고 들었소. 정당한 후인이 아니니까."

"예."

"본 파 역시 그 일에 참여할 것이오."

"선배님……!"

이어진 청명의 이야기에 악정호는 무척 놀랐다.

청명은 비교적 젊은 나이에 은퇴한 장문인이다.

아직까지 화산파 내에서 입지가 크겠지만, 설사 그렇다 해도 화산파의 입지를 뒤흔들 만한 결단을 내렸다는 건 분명 큰 갈등이 없이는 불가능한 일일 것이었다.

청명이 지난 일을 고통스럽게 여기지 않았다면 문파 내에 분열이 일 수도 있는 일을 자처하지는 않았으리라.

"과거의 빚이 선배님을 오랜 세월 짓눌러 온 것입니까?"

악정호의 나직한 반문에 청명의 눈에 슬픈 빛이 스쳐 갔다.

"그렇소. 많은 선택들을 되돌릴 수 있다면…… 아마 빈도는 화산파의 제자들과 함께 악 노야를 따라나섰을 것이오. 그러지 못한 것이 못내 후회스러웠지."

"……"

"나는 얼마 살지 못하오."

악정호가 대번에 눈을 부릅떴다.

일세를 풍미한 매화영공이 죽음을 앞두고 있다는 말은 강호가 뒤집히고도 남을 일이었다.

"본 가가 돕겠습니다."

"빈도의 몸은 빈도가 제일 잘 아오. 오랜 시간 몸을 돌보지 않고 화산의 일에 매달렸소. 그나마 화산의 평안을 지키는 것이 후일 맹주님을 뵙기에 면이 설 것 같아서 말이오. 그러다보니 과거에 돌보지 않았던 내상들이 쌓여 지병이 되었지."

"지금이라도 늦지 않았습니다."

"의원을 찾을 것이었다면 진작 명의를 찾았을 것이오. 빚을 졌다면 이만한 업보는 감내해야 하는 것이지."

악정호는 청명의 말 속에 그가 오랜 세월 지금의 '때'를 기다려 온 건지도 모르겠다는 생각이 일었다.

동시에 청명이 안쓰러워졌다.

청명이 그 마음을 헤아리듯 말했다.

"앞으로 다가올 장강에 빈도는 밀려나야 할 앞 물결일 뿐이오. 너무 안쓰럽게 보지 마시오."

"……."

복잡한 악정호의 눈빛 속에 청명이 담담하게 화제를 돌렸다.

"기쁘시겠소. 소가주가 벌써 수많은 거인들과 어깨를 나란히 하고 있다고 들었소이다."

"예, 팔불출 같아 보이시겠지만 저보다 낫습니다. 또한 태양무신께서 남기신 유산을 이어받은 후인이기도 합니다."

청명의 눈에 이채가 흘렀다.

"맹주님의 유산을?"

"예, 다신 돌아가지 못할 섬에서 그분이 남기신 유산을 찾았다고 하더군요."

"아아…… 그랬던가! 그분께서……!"

청명은 순간 아주 오랜 세월 잊지 못했던 천휘성의 그림자를 떠올렸다.

천하는 그분을 잊었으며 지우려고 노력했다.

그러나……

그분은 천하를 잊지 않았던 것이다.

악가가 재건된 것도, 그곳의 소가주가 현재 믿기지 않는 행보를 보이며 수많은 노고수들과 어깨를 나란히 하는 것도…… 모두 우연이 아닌 필연처럼 느껴졌다.

"……소가주를 어서 만나 보고 싶구려."

청명은 감격스러움마저 느꼈다.

무신의 기상은 천하에서 사라지지 않았다.

그저 다른 형태로 머무르고 있었을 뿐이다.

하지만 기뻐하는 청명과 달리 악정호의 눈빛에는 묘한 근심이 서려 있었다.

❧

악정호의 명으로 청명과 한자리에 모인 백홍휴와 유예린의 눈빛이 크게 흔들렸다.

놀랍게도 청명이 그들 앞에서 고개 숙이는 것을 꺼려 하지 않은 것이다.

"동진검가의 일에 동조한 것은 분명 화산의 과오라오. 본파는 이 일에 책임을 지고, 여러분의 뜻에 따라 순응하겠소."

유예린이 백홍휴를 조용히 쳐다봤다.

"형부……."

마주한 백홍휴가 쓰게 웃었다.

"그래, 믿기 힘든 날이야. 이런 날이 올 줄은……."

백홍휴의 대답에 유예린의 눈빛이 깊어졌다.

동시에 지난 과거가 스쳐 가며 울컥한 감정이 치솟았다.

하지만.

과거와 달리 유예린은 크게 오열하지 않고, 오히려 담담했다.

과거의 일들이 완벽히 그 쐐기를 박고, 마무리되는 기분이어서였을까?

유예린이 차분히 입을 열었다.

"화용검 유미려. 제 언니의 별호였어요. 정말 아름다웠던 시기에 슬픔과 고통 속에 죽어 갔지요. 하지만 언니가 끝까지 지키고자 했던 건 가족이었어요. 아버님 또한 그러셨었지요."

굳어 있던 유예린의 얼굴에 희미한 미소가 흘렀다.

"결국 아버지와 언니의 뜻은 오랜 시간이 지나 악가의 품 안에서 이뤄졌습니다. 또한 그 시절 고통스러워했던 유원검가의 가솔들도 이제, 새로운 보금자리에서 더 나은 꿈을 꿉니다. 악가의 가솔로서요. 그러니……."

유예린은 자신을 따뜻하게 바라보는 악정호와 백홍휴의 눈길 속에 과거의 해묵은 한을 털어 내듯 편안하게 미소 지었다.

"화산의 뜻을 받아들이고, 해묵은 과거를 용서하겠습니다."

"저 역시 처제의 뜻을 따르겠습니다."

청명은 두 사람의 대답을 들으며, 무척이나 감탄했다.

"가문을 멸문시키는 데 일조한 화산을 용서하기란 결코 쉽지 않을 일일 터…… 그럼에도 이리 차분히 용서를 한다는 것은 그대들의 그릇이 그 누구보다 크다는 것을 증명하는 것이오. 살아온 세월을 떠나서 빈도는 그대들의 뜻을 존중하고, 여러분을 존경하오."

청명은 자연스레 그런 그들을 떠안은 악정호를 바라보게 됐다.

그의 아들은 태양무신의 뜻을 이어받게 됐고, 그는 과거 악 노야 못지않은 협행을 통해 가문을 재건했다.

위기를 기회로 바꿨고 그 기회 안에 도의가 있었다.

아니, 도의가 곧 재건의 시작이었다.

'……사백, 이것이었습니까? 악가가 걸어온 길이 본래 강호가 걸어가야 할 길이었습니까?'

청명은 천휘성의 얼굴이 머릿속을 스치자, 씁쓸하게 웃음 지었다.

화산이 누구보다 먼저 그랬어야 했다.

악가와 손을 잡고 혈교를 끝까지 쫓아야 했으며 매화의 정기를 지켰어야 했다.

그랬다면…….

화산은 더 큰 번성과 영화를 맞이했을지도.

"선배님."

악정호의 부름에 청명은 사로잡혔던 상념에서 깨어났다.

"말씀하시오."

"늦지 않았습니다."

"……."

"화산은 과거의 일을 타산지석으로 삼아 더 나은 길을 갈 수 있습니다. 선배님께서 화산의 후인들을 이끌어 주신다면요."

"타산지석이라……."

청명은 문득 예전에 칩거하고 있던 사제의 기억이 스쳐 갔다.

−사형, 돌아오시면 안 되겠습니까?

−그게 무슨 말이더냐. 잘 해내고 있지 않느냐.

−어찌 모르십니까, 지금의 화산은 위태롭습니다. 기파(奇派)와 험파(險派)의 갈등은 최고조에 이르렀고, 그간 주도권을 쥐어 왔던 험파의 장로들이 기파의 장로들을 핍박하기 시작했습니다.

−해서, 너를 장문인으로 세운 것이다.

−저로서는 역부족입니다, 사형.

−생각해 보마.

화산파는 겉으로 보기엔 세력 확장을 통한 영화를 누려 왔다.

빈곤하던 도관이 증축됐고, 도납이 물밀듯이 밀려들었다.

하지만…….

화산 내부는 달랐다.

되레 화산은 분열을 겪고 있었다.

기파는 본래, 오랜 세월 청명과 이전 세대의 뜻을 따라온 종파였고, 험파는 서명궁(西明宮)의 수장을 맡은 홍 장로를 주축으로 이뤄진 신세력이었다.

험파는 기파와 달리 도경보다 무공 수련에 집중해야 한다고 했고, 오랜 세월 화산의 사부들이 닦아 온 계율을 파기하여 세력 확장에 열을 올려야 한다고 주장했다.

그 갈등은 청명이 칩거를 깨고, 기파에 무게를 보태며 더욱 극심해졌다.

'……달라질 화산이라.'

청명은 악가에 방문하며, 번잡했던 마음이 차츰 정리되어 가는 것을 느꼈다.

칩거를 깨기 전 고민이 많았다.

굳이 현 세대에 나서서 갈등을 더욱 조장하는 것이 아닌가 하는 걱정에 사로잡혔었다.

하나, 그러한 미혹 역시.

'두려움이거늘.'

청명은 눈을 반개했다.

칩거를 깬 생각은 옳았다.

'화산을 이리 망가트린 것은 그저 겁이 많았던 과거의 나다. 다시 돌려놔야 하는 것 역시…… 내 책무이리라.'

과거 화산의 협(俠)을 떠올리면 꺾이지 않는 기상과 절개가 있었다.

지금은 그저 힘만 앞세워 권위만을 지키려는 썩은 매화로 가득했다.

'그 시작이 무림맹의 재건, 아니 악가의 뜻을 돕는 것이 되리라.'

천휘성을 향한 죄책감에서 헤어 나올 시간이었다.

청명은 오랜만에 편안하게 미소 지을 수 있었다.

"이제 이만 일어나야겠소, 가주."

악정호가 그를 만류했다.

"야심한 시각입니다. 하루 머물고 떠나시지요."

"아니오. 무림첩을 전했고, 유원검가에게 용서를 구했으니 이곳에 오고자 했던 목적은 모두 이뤘다오. 남은 것은 회합이 오기 전까지 화산 내에서 빈도가 해야 할 일들을 찾는 것이겠지……."

그러자 백홍휴가 말했다.

"언젠가 초대해 주신다면 화산에 방문하고 싶습니다."

청명이 천천히 자리에서 일어나며 대답했다.

"언제라도 오시오. 기다릴 테니……."

"예."

"그럼, 이만……."

기다렸다는 듯 악정호와 두 사람이 자리에서 일어나자, 방갓을 쓴 청명이 손사래를 쳤다.

"굳이 마중들 나올 필요는 없다오. 왔던 것처럼 조용히 떠나겠소. 그것이 훨씬 마음 편하다오."

악정호는 할 수 없이 고개를 끄덕였다.

"알겠습니다."

그렇게 떠나기 직전 청명이 악정호를 불렀다.

"가주."

"예."

"고맙소."

무슨 이유인지, 어떤 의중인지 구체적으로 설명하지는 않았지만 악정호는 청명의 말이 무슨 마음에서 나온 건지 직감적으로 느껴지는 게 있었다.

덜컹-.

그리고 청명은 떠났다.

스륵.

그제야 악정호는 자리에 앉았고 나머지 대주들 역시 다시 의자에 앉았다.

악정호가 두 사람을 보며 무겁게 운을 뗐다.

"오늘 나는 두 사람이 가문의 가솔이라는 게 그 어느 때보다 자랑스러웠소. 그리고…… 큰 결단을 내린 것에 존경을 표하오."

"아닙니다."

"과찬이십니다."

고개를 젓는 두 사람을 보며 악정호는 청명이 했던 이야기 중 일부를 떠올렸다.

"내, 두 사람에게 해야 할 말이 있소."

"어떤 것인지요?"

유예린의 반문에 악정호가 수염을 쓰다듬으며, 깊은 한숨을 내쉬었다.

"선배께서는 얼마 살지 못할 거라 예견하셨소. 마지막 혼을 다해 미뤘던 화산파의 과오들을 책임지고 계시는 것이지."

백홍휴의 눈빛이 크게 흔들렸다.

"……회복은 불가능한 것입니까?"

"그렇다고 하오. 그런 면에서 나는 선배께서 남기신 이야기들이 걸리오. 선배께서 하신 말씀에 따르면 화산은 현재 여러 갈등을 빚고 있소. 가장 큰 갈등은 은퇴하셨던 선배가 다시 화산에 복귀하고, 태양무신의 유산을 포기하려 한다는 것이지."

백홍휴가 반문했다.

"그럼에도 밀어붙이신 겁니까?"

"그렇다고 하오. 화산의 내부 일이니 자세한 말씀은 하지 않으셨으나 아마 화산 내부에서는 시끄러운 소란이 일었던 거 같소."

유예린이 미묘한 표정을 지었다.

"제가 아는 바에 따르면 화산파는 현재 기파와 험파로 나뉘어 있습니다. 험파가 현재 주도적으로 권력을 쥐었고, 기파는 과거 선배님을 따랐던 현 장문인의 세력이지요."

"그럼 험파 입장에서는 이제 청 선배가 건재한 것이 그리 달가운 입장은 아닐 것이오."

"예, 가주님께서 말씀하신 대로 험파가 그저 두고만 보고 있을 것 같진 않습니다. 선배님께서 홀로 이곳에 오신 것을 안다면 더욱……."

백홍휴가 눈살을 찌푸렸다.

"심기가 불편해지겠구나."

"기회로 볼 수도 있어요."

악정호의 눈빛이 깊게 가라앉았다.

"내가 우려하는 부분이 바로 그것이오."

백홍휴의 눈빛이 날카로워졌다.

"가주님께서는 이미 고려하셨던 것입니까?"

"그렇소. 선배와 대화를 나누며 느낀 것이며, 가문을 재건하며 경험했던 것들을 토대로 판단한 것이지. 만약 내 생각대로라면…… 험파에게 있어 지금 이 상황은 화산을 완벽히 장악할 기회요."

"설마, 그럴 리가……."

유예린이 주먹을 움켜쥐며 복잡한 눈빛을 보였다.

천하의 화산파다.

'강호의 정기를 수호하려 드는 구파일방의 한 곳이 전대 장문인을 살해하려 들 것이라고?'

분명, 믿기 힘든 추측이었다.

그러나 그렇다고 무시할 수 없는 추측인 것도 맞았다.

"만약 험파가 선배를 암살한다면 둘 중 하나예요. 자객을 따로 보내거나, 혹은 직접 움직이는 것이죠. 명분 없는 일을 은밀히 처리하려면 외부 자객을 고용할 가능성이 높아 보이지만, 과연 화산의 일이 밖으로 새어 나가는 걸 그들이 원할까요?"

그 순간.

악정호가 뇌공을 집어 들고 자리에서 일어났다.

"직접 확인해 보면 될 일 아니겠소? 그대들과 논의하고 싶어 선배께는 바로 말씀드리지 않았지만, 두 사람이 내 추측에 동의했다면 우린 지금 당장 움직여야 하오."

백홍휴가 먼저 자리에서 일어났다.

"가시지요. 소신이 선봉에 서겠습니다."

"소신 역시 따르겠습니다."

뒤따라 일어난 유예린을 보며, 악정호가 진중한 눈빛으로 고개를 끄덕였다.

"갑시다."

청명은 제녕을 빠져나가, 하남성으로 향하기 위해 거쳐야
하는 거야(巨野) 방향으로 이동했다.

'돌아가면 할 일이 많겠어.'

청명은 말을 달려 바삐 이동했다.

빠르게 스쳐 가는 숲의 정경.

동이 트기 직전 새벽이라 주변 관도에는 인적이 드물었다.

그 순간.

일단의 그림자가 숲의 정경 사이로 스쳐 지나가는 것이 보
였다.

한 필의 기마였다.

두두두두.

청명의 눈에 이채가 흘렀다.

'매복?'

쫓아오는 것이 악가나 아군이었다면 굳이 기척을 숨길 필
요는 없었을 것이다.

다른 의도가 있으니 행로를 예측해 미리 모든 기척을 숨기
고 있었던 것이리라.

'기척을 숨기고, 들킬 만한 희미한 기운조차 완벽히 갈무리했다.'

화경에 이른 청명에게 들키지 않을 만큼 완벽히 기척을 감췄다는 건 실력이 뛰어나다는 증거였다.

히히히잉!!

청명은 말의 고삐를 잡아 황급히 방향을 선회해 길이 없는 나무 사이로 말을 내달렸다.

두두두두!

반대편 숲에 있던 그림자가 기다렸다는 듯 청명의 뒤를 바짝 쫓아왔다.

쐐액!!

그 찰나, 투창이 엄청난 파공음을 내며 청명을 노렸다.

"갈!"

일갈을 내지른 청명이 검을 뻗어 검영을 일으켰다.

매화태형검(梅花太形劍).

난류회선(亂流回旋).

콰지지짓!

청명은 말을 모는 자세를 바꿔, 안장에서 몸을 뒤집었다.

낙마할 듯 옆으로 매달린 청명의 검 끝에서 수십 갈래의 매화 형태의 강기가 뻗어 나왔다.

퍼퍼펑!

강기에 닿은 창이 검압에 휩쓸려 숲으로 튕겨진 찰나.

충격과 함께 창 안쪽에 달려 있던 수십 개의 암기가 쏟아졌다.

콰지지짓!

'진짜, 의도는 이것이었나!'

밀려드는 암기를 막기 위해 청명이 다시 검을 휘두른 그때였다.

단숨에 청명의 말을 바짝 따라붙은 사내가 곧바로 청명을 향해 도약했다.

사아악!

그의 목표는 청명이 아니라, 그가 탄 말이었다.

서걱!

도가 말을 일도양단해 버린 건 순식간이었다.

콰지짓!

히이이잉!

'이런!'

암기를 걷어 낸 청명이 무너져 내리는 말안장에서 몸을 뒤집으며 튀어 올랐다.

콰콰콰쾅!

흑의인과 청명은 서로 자리를 바꿔 고꾸라진 말 앞에 안착했다.

청명의 검이 나무 사이로 비춰진 달빛에 반사되어 은은한 붉은 빛을 장내에 감돌게 했다.

"모야루가 남긴 멸사검(滅邪劍)이군. 오랜만이야."

"네놈은 누구냐?"

청명이 나직이 물었다.

흑의인도 정체를 굳이 숨길 생각이 없었는지 그늘진 곳에서 천천히 걸어 나왔다.

곧이어 한쪽 눈에 선명한 검흔이 남아 있는 백발의 노인이 모습을 드러냈다.

청명의 눈에 이채가 흘렀다.

"너는……?"

훨씬 늙었지만, 저 흉터와 인상을 어찌 잊으랴.

천하오절 중 일인.

백망도마(魄罔刀魔) 위철성.

구파일방과 오대세가가 태양무신의 유산을 평화란 명목으로 나눈 당시.

화산이 가진 태양무신의 유산을 빼앗기 위해 화산파 수송대를 습격한 사파의 고수였다.

청명은 당시 수송대를 직접 책임졌고, 그 싸움으로 인해 그가 데려온 별동대는 완벽히 궤멸됐다.

그런데 당시에 겨우 도망쳤던 그가 오랜 세월을 지나 다시 과거의 상처를 간직한 채 돌아온 것이다.

"……네놈은 천휘성과 다를 것 같더냐?"

위철성의 반문에 청명이 담담히 대답했다.

"그것이 무슨 소리인가."

"노부를 보낸 것이 네놈의 사형제들이라면 믿겠느냐? 과거, 믿고 있던 정파 놈들에게 버려진 천휘성 그놈과 다를 바가 없는 게지."

청명은 쓰게 웃었다.

"홍은이구나."

서명궁의 수장, 홍은을 비롯해 험파계가 위철성을 보낸 것이리라.

"담담한 것을 보니 이미 예상한 것이더냐."

"아니길 바랐네."

청명은 외눈이 된 위철성을 보며 말했다.

홍은이 위철성을 어떻게 찾았는지는 모른다.

그에게 어떤 제안을 했는지도 이상하게 궁금하지 않았다.

"위 형, 빈도는 얼마 못 사네."

마주한 위철성의 눈빛이 날카로워졌다.

"자비라도 베풀라는 것이냐?"

"아니, 그럴 리가. 노부 역시 노부가 지킨 것을 지키고자 위 형의 많은 것을 빼앗지 않았나. 이제 와 그럴 자격은 없는 게지."

"하면 어쩌라고 그따위 소리를 지껄이는 것이냐."

"최선을 다하게."

"최선?"

쿨럭!

나직한 위철성의 반문과 동시에 청명의 입에서 검은 각혈이 튀어나왔다.

방금 전 끌어 올린 내공으로 인해 심해지고 있는 내상이 더욱 깊어진 것이다.

위철성의 눈빛이 날카로워졌다.

"네놈…… 다친 것이냐?"

"신경 쓸 거 없네. 그저 자네는 자네가 하고자 했던 일을 하면 되는 것이야."

청명은 그리 말하며 멸사검을 내려다봤다.

검신을 통해 오늘 만난 악가 가솔들의 얼굴이 투영됐다.

'아쉽구나. 약조를 지키고 악가…… 아니, 천하에 다시 보탬이 되고 싶었거늘.'

하지만, 운명은 녹록치 않았다.

"위 형."

"……."

"빈도는 포기한 것이 아니네. 빈도는 지켜야 할 약조가 있기에 반드시 이곳을 빠져나갈 것일세."

위철성은 결연한 청명을 보며 인상을 구겼다.

자비 같은 마음이 든 게 아니었다.

새삼 자신이 늙은 만큼 놈이 늙었다는 것이 느껴졌을 뿐이다.

홍은이란 놈의 말이 귓가를 스쳤다.

　-당신이 원하는 상대가 지금 화산을 빠져나가 홀로 이동
하고 있소. 원수를 갚으려면 최고의 적기 아니겠소?
　-그럼, 빤히 네놈에게 이용당해 줘야 한다는 것이냐?
　-좋은 기회요. 놓칠 것이오?

그래, 그놈의 말이 옳다.
'한데 어째서…….'
위철성은 쉽게 올라가지 않는 도를 내려다봤다.
이유는 단순했다.
"노부가 네놈을 죽이지 않아도 이미 네놈은 지옥이겠구나."
"……."
"그놈들은 노부가 복수심에 네놈을 죽이길 원한다. 그럴
바에 노부는 네놈을 반드시 살려서 화산에 보내야겠다. 그래
야 네놈이 그토록 아끼던 사형제들과 배척하며 더욱 지옥 길
을 걷겠지. 아니냐?"
"그때까지 빈도가 살아 있어도 괜찮겠나?"
청명의 나직한 물음에 위철성이 사납게 대답했다.
"죽는 순간까지 네놈이 그간 해 온 업보에 짓눌려 산다
면……. 네놈을 제거하는 것보다는 그게 나을지도 모르지."
그 말을 끝으로 위철성이 먼저 도를 거두며 돌아섰다.

"따르거라, 청명."

청명의 눈빛이 가라앉았다.

"은혜를 입었군."

"닥치거라. 그 마음은 곧 후회로 바뀔 테니."

강하게 쏘아붙인 위철성이 반대로 걸음을 옮긴 그때였다.

멀리서 수십의 기척이 다가오는 것이 느껴졌다.

"음?"

동시에 위철성의 눈살이 찌푸려졌다.

'화산 놈들인가?'

언제고 놈들이 움직일 줄은 알았다.

어차피 위선자 놈들의 수야 뻔하니까.

하나 생각보다 놈들의 움직임이 빨랐다.

위철성은 등 뒤에 있는 청명을 힐끗 쳐다봤다.

'그만큼 청명 저놈을 제거하는 일이 급했다는 것이겠지.'

청명 저놈이 그토록 사력을 다해 쌓아 온 화산의 영광이
가져온 결과가 고작 이런 것이라니.

"으하하!"

위철성은 이 상황이 통쾌하면서도 한편으로는 우스웠다.

"청명 보이느냐? 네놈이 지키려고 했던 그 빌어먹을 화산
의 정기는 온데간데없고 그저 배신과 암투만이 남아 있구나!"

그 순간.

붉은 신호탄이 하늘 위에서 터져 오르고, 멀리서 들을 만

큼 쩌렁쩌렁한 노호성이 다가오는 무리에서 들려왔다.

"보이는 건 화산의 적이다. 모두 죽여라!"

청명은 멀리서도 그 목소리의 주인공이 누군지 확실히 알 수 있었다.

'홍은, 네가 직접 온 것이로구나.'

아마도 홍은과 결탁한 장로들과 매화검수들이 움직였을 것이다.

그것을 화청궁(華淸宮)의 일부가 암묵적으로 동의했으리라.

화산십혜(華山十慧)의 장로 중 세 명이 중립을, 세 명이 현 장문인의 손을, 그리고 남은 네 명이 홍은의 손을 들고 있으니……

'슬프도다!'

살아 돌아간다고 한들, 화산은 크게 피바람이 불지도 모른다.

마주한 진실 속에 수많은 화산의 제자들이 뼈아플 것이다.

그러나 위철성의 말이 옳다.

이것은…… 업보다. 두렵더라도 감당해 내야만 하는 업보.

"오라, 화산의 업보여. 지옥에 가야 한다면 빈도가 먼저 가리라."

나직한 청명의 읊조림과 함께 매화 문양의 도복을 입은 화산파의 제자들이 수풀을 뚫고 밀려들었다.

콰지짓!

홍은은 대사형이었던 청명과 검을 맞댔다.

으드득!

"살수를 입으로 구워삶다니. 운이 좋았구려, 대사형!"

홍은의 눈빛에 적의가 실렸다.

청명은 그와 검을 맞댄 채 말없이 인상을 찌푸렸다.

"홍은, 돌아가신 사숙 대신 네게 매문고검을 하사한 것은 나였다. 의견이 달랐어도 네가 화산을 위한다는 건 단 한 번도 의심한 적이 없었지. 대체 어찌하여 이런 선택을 한 것이냐?"

으드득!

홍은이 이를 갈았다.

과거의 기억이 빠르게 스쳐 지나갔다.

화산파에는 매화검수가 되면 매문고검(梅紋古劍)이라는 고유한 검을 받는다.

하지만 청명은 달랐다.

청명은 천하제일인을 논했던 상청검제의 제자로서 매문고검이 아닌 그의 독문병기를 이어받았다.

그 특별함이 미치도록 싫었다.

더러운 협잡을 마주하기 싫어 매번 회피하기만 하려고 깨끗한 척하는 청명이 세월이 지날수록 더욱 싫어졌다.

하지만 참았다.

분열 없이 화산을 하나로 모으려면 청명의 은퇴를 기다리며, 다음 대 장문인을 받는 것이 최선이었다.

한데…….

청명은 가장 유력한 장문인 후보였던 자신을 두고 다른 제자를 선택했다.

"대사형, 당신은 매번 최악의 수를 두었소!"

홍은이 청명의 검을 강하게 밀쳐 내며 함께 온 장로들에게 소리쳤다.

"자명, 준정! 청명은 내게 맡기고 위철성을 제거하라! 서명궁의 매화검수들은 일제히 매화검진을 펼쳐라!"

청명은 울컥 솟아오르려는 각혈을 꾹 누르며 눈을 빛냈다.

홍은을 포함해 화산십혜의 장로 셋과 서명궁에 속한 매화검수들까지 자신을 죽이고자 마음먹은 것이라면…….

이들은 이 일을 계기로 화산을 장악하고자 결정한 것이리라.

홍은이 확신에 찬 표정으로 서늘하게 웃었다.

"살아 나갈 희망은 버리시오, 대사형. 이미 이 인근에 구궁대(九宮隊)가 퇴로를 막고 있고, 서명궁의 제자들까지 내가 장문인의 자리에 오르는 것에 동의했소. 이제 날 방해하는 건 대사형의 존재뿐이오."

청명은 벽처럼 자신을 둘러싼 화산파의 제자들과 장로들

에게 협공당하고 있는 위철성의 모습이 보였다.

자명은 최근 화경에 이른 고수였으며 홍은의 측근이었다.

여기에 준명까지 힘을 보탰다면 위철성도 두 사람의 합공을 막는 것이 최선일 것이다.

그때였다.

치열하게 싸우는 위철성이 일갈을 터트렸다.

"크하하하! 내, 네놈들을 반드시 무너트리고 청명 저놈을 이곳에서 살아 나가게 해 주마!"

"허허…… 그렇다는군."

홍은이 혀를 차며 청명의 말을 무시했다.

"자결할 기회를 주겠소. 깔끔하게 명예를 지키고 죽을 기회요. 이대로 죽게 된다면 대사형은 저 간악한 마두에게 화산의 명예를 지키다 죽은 화산 재건의 상징으로 남게 될 것이오."

"은이 너는 그런 날 위해 위철성의 목을 가져온 화산의 영웅으로 남게 되겠지. 아니더냐."

"진작 그리됐어야 할 운명이었소. 화산은 나를 장문인으로 세웠어야 했단 말이외다!"

"아집이다. 아집을 버려야 도(道)가 보인다. 나는 그간 두려움을 외면하기 위해 해 온 수많은 일들을 포장해 왔다. 사제여, 너만은 나의 전철을 밟지 마라……."

"지금 대사형의 도야말로 그저 집착일 뿐이오. 대사형이 칩거를 깨면서 화산의 정기가 더욱 혼란해졌소!"

"그럴지도…… 아니, 분명 그러하다. 나는 늘 혼란이 두려워서 결단을 내리지 못했었으니. 하나 이번에는 다를 것이니라. 적어도 이번만큼은……."

청명은 오랜 세월 사부의 위패 앞에 숨죽여 울었었다.

그러나.

이번만큼은 상청검제라 불렸던 사부의 위패 앞에서 환하게 웃을 수 있을 것 같았다.

-매화는 사시사철을 핀다. 화산의 기상도 이와 닮아 있지. 그러니 명아…….

-예, 사부님.

-고난이 있다면 매화에 의지하거라. 화산에 네가 찾는 답이 있을 것이니라.

'예, 사부님…….'

청명은 사부의 그림자가 스치는 것을 느끼며 내공을 일으켰다.

구구구구!

청명의 전신에서 강한 기류가 폭사되며 쇄도하려던 매화검수들이 압도됐다.

청명을 마주한 홍은의 눈에서도 강렬한 기운이 흘러 나

왔다.

"두려워하지 마라! 이미 병든 노구일 뿐이다! 내가 선봉에 서겠다!"

"오냐, 나, 청명이 화산의 기상이 무엇인지 보이겠노라!"

강렬하고 짙은 매화 향이 청명의 검 끝에서 번지며, 쇄도하는 홍은과 빠른 속도로 부딪쳐 갔다.

콰지지짓!

두 사람의 충돌은 매화검수들이 안력을 돋우어 보아도 따라잡기 힘들었다.

홍은이 청명의 검과 충돌하며 일갈을 터트렸다.

"당신이 나를 넘어설 수 있을 것 같은가? 오늘 당신의 사멸검은 내가 가져갈 것이다!"

홍은은 승리를 확신했다.

청명이 사력을 다해 버티고는 있지만 이것도 잠시이리라.

장로가 셋이나 온 데다가 화산의 정예 검수들까지 주변을 포위하고 있었으니까.

더 이상의 변수만 없다면.

'도망갈 곳은 없느니라! 청명!'

그때였다.

"으아악!"

매화검수들이 있는 곳에서 비명이 울려 퍼지더니, 수없이 많은 그림자들이 숲속에서 튀어나왔다.

콰지짓! 콰쾅!

순식간에 매화검수 세 명을 베어 버린 장신의 사내는 단숨에 장내의 시선을 휘어잡으며 일갈을 터트렸다.

"그 누가 악가의 손님을 해하려 드는가!"

홍은이 고려하지 못한 단 하나의 변수.

산동의 호랑이, 악정호가 당도했다.

악정호의 뒤로 악가휘명대와 악가상천대까지 도착했다.

"가주님을 도와 진인을 노리는 모든 자들을 막아라! 포박에 응하지 않는다면 자비 없이 섬멸하라!"

백홍휴의 일갈에 유예린을 비롯한 각 대대의 부관들이 일제히 땅을 박차고 달려 나가 매화검수들을 상대했다.

그 선봉에는 화산의 명진(名陣)이라 불리는 매화검진을 창하나로 찢어발기는 악정호가 있었다.

그오오오, 부웅! 콰지짓!

악정호의 신력(神力)이 담긴 뇌공은 장내의 그 어떤 매화검수도 받아 내지 못했다.

"악정호를 막아라!"

"산동악가의 가주를 막아!"

붕괴되는 검진을 막기 위해 악정호에게 집중되는 화산파 제자들이 늘어났다.

순식간에 기세가 밀리자 합공당하고 있던 위철성이 사납게 웃음을 흘렸다.

"크흐하하! 이놈들 꼬락서니 한번 우습구나! 자, 네놈들 둘 중에 한 명은 가야 하지 않겠느냐!"

자명은 말없이 입술을 굳게 앙다물었다.

'설마…… 구궁대도 당한 것인가!'

주변을 포위한 채 경계하고 있던 구궁대가 아무 소식도 없던 것을 보면 이미 악가에 당했을 공산이 높았다.

결국 다른 수가 없다.

위철성의 말을 인정하는 꼴이었지만 밀려드는 악가의 기습은 분명 커다란 위기였다.

"준정! 이만하면 됐으니 흩어지는 제자들을 결집시켜 진을 재정비하게! 어서! 위철성은 내가 맡겠네!"

오랜 세월 자명과 동문수학해 온 준정은 대답하지 않고 이를 갈았다.

어쩔 수 없지만 자명의 말이 옳았다.

'홍 사형 혼자서는 힘들 것이야!'

당장 위철성을 벨 수 없다면, 진을 붕괴시키고 있는 악정호의 움직임을 누군가는 막아서야만 했다.

"알겠네!"

준정이 위철성의 도를 튕겨 내며 물러나려던 찰나.

위철성의 눈이 희번덕거렸다.

"머저리 같은 놈들. 누가, 그냥 보내 준다고 하더냐!"

"너는 절대 가지 못한다!"

준정이 물러날 수 있도록 자명은 서둘러 그 앞을 가로막았다.

화운검(火雲劍), 서벽정천(西壁井踐)!

화아악!

자명의 웅혼한 내공이 강한 검강을 일으키며 구름을 수놓는 붉은 매화처럼 일제히 쇄도했다.

수십 결의 검로가 위철성의 전신을 덮쳤다.

마주한 위철성의 눈빛에 날카로운 이채가 흘렀다.

"이 몸이 삼 푼의 실력을 괜히 감췄을 것 같으냐!"

일순 그의 도가 화산의 검격 안에서 원처럼 회오리치며 강환(鋼環)으로 화했다.

백망천어도(魄罔天漁刀), 만면지획(萬面之獲).

콰지지지짓!

용솟음치는 강환의 위력은 자명의 검격을 눈 깜짝할 새 찢어발기며, 자명의 눈을 부릅뜨게 했다.

'큭, 아직도 이런 힘이!'

하지만 그게 끝이 아니었다.

준정을 쫓을 줄 알았던 위철성의 도 끝은 준정이 아닌 자명을 향해 계속 짓쳐들었다.

'설마!'

"눈치채도 늦었느니라!"

애초에 위철성은 자명을 베고자 마음먹은 것이다.

자명이 헛바람을 집어삼켰다.

"허업!"

자명은 다급히 검을 선회하려 했으나 심적으로 흔들린 그의 검 끝이 집념으로 뭉친 위철성의 도를 당해 낼 리 없었다.

콰콰콰콰콱!

위철성의 도는 원수라도 본 양 사납게 자명의 전신을 찢어발겼다.

애초에 평생 동안 화산을 적대해 왔던 위철성에게 자비란 게 남아 있을 리 없었다.

"끄아아악!"

순식간에 자명의 흰 수염이 피로 물들며 그의 전신이 성한 데 없이 너덜너덜해졌다.

"꾸륵……."

쿵.

위철성이 무릎을 꿇은 자명을 굳은 표정으로 내려다봤다.

"고맙다. 네놈들 같은 쓰레기들 덕에 청명이 돌아가는 날 화산은 온갖 내분으로 불탈 것이다. 흥이 나는구나."

위철성의 도가 단숨에 자명의 목을 베고 지나갔다.

서걱! 투투툭.

달려가던 준정이 움직임을 멈추더니 비틀거리고 있는 자명을 바라보았다.

"자명!"

하나 그의 눈에 보이는 건 이미 목에서 머리가 떨어진 자명의 시신이었다.

"이이익! 이노오옴!"

노기를 참지 못한 준정이 다시 땅을 박차며 위철성에게 쇄도했다.

하지만 합공으로도 완벽히 제압하지 못한 위철성을, 준정의 실력만으로 제압할 수 있을 리 만무했다.

"실력이 없으면 객기이니라."

백망천어도(魄罔天漁刀) 팔방귀천(八方歸天).

전력을 다한 위철성의 도격이 충돌한 준정을 양단하며 지나갔다.

콰콰콱!

전성기 청명과 호각으로 맞붙었던 사내는 여전히 건재했다.

❧

청명이 홍은을 붙잡으니 전황은 눈 깜짝할 새 뒤집혔다.

그가 데려온 두 명의 장로가 위철성에 의해 죽었고, 구궁대는 악가에 의해 궤멸됐다.

장내에 남은 건 홍은과 서명궁의 매화검수들뿐이었지만, 그들마저도 포박당하지 않기 위해 자결하거나 싸우다 죽는 것을 택했다.

그러나 바뀌는 전황 속에서 홍은은 무력했다.

'빌어먹을!'

되레 청명의 검이 시간이 갈수록 기사회생하며 날카롭게 쇄도했다.

'병든 노구에서 어찌 이런 힘이 나온단 말인가!'

오랜 세월 동안 내상으로 인해 청명이 괴로워했음은 화산 십혜 모두가 알고 있는 사실이었다.

한데 직접 마주한 홍은은 조금도 그 사실을 체감할 수 없었다.

오히려…….

'장문인 시절로 되돌아간 것 같지 않은가!'

그 순간 청명의 검이 홍은의 검을 타고 더 깊숙이 쇄도했다.

콰지짓!

강하게 빈틈을 찔린 홍은이 황급히 잔발을 치며 물러났지만, 기세를 탄 청명의 검은 그의 움직임보다 더 매서웠다.

홍은은 물러나며 과거 청명이 전했던 심득이 스쳐 지나갔다.

　　-화산의 검은 분명 매섭고 사납다. 하나 너는 알아야 한다. 그 꺾이지 않는 기상이 비롯된 것은 사시사철 흔들리지

않는 고요함이다. 지금의 너는 흔들리며, 조급해.

문득 스쳐 간 기억 때문일까?

홍은은 마주한 청명의 눈빛이 차분히 가라앉아 있는 것이 보였다.

그 안에는 초조함 같은 건 찾아볼 수 없었다.

너무 고요해서 차갑게 느껴질 지경이다.

상황이 반전되어서가 아니다.

청명의 눈은 계속 그랬다.

홍은은 그 눈이 싫었다.

으드득!

"대사형, 당신의 목만큼은 기필코, 이곳에서 베고 갈 것이 외다!"

밀리던 홍은의 검이 더 강력한 강기를 일으키며 청명의 검을 긁어 내리듯 비껴 쳐 냈다.

콰지지짓!

쇠가 부딪친 불꽃과 기파가 사방에 튀어 오른 찰나.

매화낙하검(梅花落下劍) 낙풍회림(落風回臨).

'이 몸이 괜히 천하오절에 오른 것인 줄 아는가!'

세간에서는 자신을 '매림지선(梅林之仙)'이라 불렀다.

그런 자신이 눈앞의 병든 노구에게 당할 리 없었다.

전력을 다한 매화낙하검의 검초가 사방에 광풍을 일으킨

그 순간.

이를 마주한 청명은 위태로워 보였다.

하지만 청명을 향해 뛰어들려던 악정호가 멈칫하며 제자리에 섰다.

이어서 악정호는 뒤따르던 가솔에게 외쳤다.

"모두 접근하지 말라!"

"하오나 가주님! 이대로 두면……!"

곁으로 다가온 유예린의 외침에 악정호는 단호히 고개를 저었다.

"선배님의 뜻이오."

"그럼……?"

"그렇소. 방금 전 그분의 전음이 들려왔소."

악정호는 피어오른 먼지 사이로 눈을 가늘게 떴다.

청명의 음성은 짧지만 단호했다.

─몸소 화산의 매화를 보이겠네.

그리고 악정호는 깨달았다.

희미하지만 눈앞에 펼쳐진 선배의 검은…….

정확히 화산의 매화 그 자체였다.

❦

휘몰아치는 광풍 안이 매화 검형(劍形)으로 뒤덮였다.

콰아아아앙!

허공과 지상을 수놓은 검초 속에서 홍은은 확신했다.

밀려나는 청명의 검이 자신의 검초를 막아 낼 수 없다고.

콰지지짓!

그런데.

조금씩 짙은 매화 향이 폭풍 사이를 스몄다.

그 향은 점점 더 깊이를 더해가며 광풍 안을 가득 메웠다.

비산하지도, 광폭하지도, 않고 고요히 만개했다.

그 향의 시작은 밀려드는 검세를 분쇄하며 멈추지 않고 전진하는 청명의 검초로부터 비롯됐다.

'말도 안 돼. 그럴 리 없다!'

홍은은 더욱 더 사납게 청명을 몰아붙였다.

하지만 청명의 검은 견고하게 전진했다.

콰지짓!

그럴수록 홍은이 일으킨 매화의 검격은 좌우로 흩어지며 분쇄됐다.

홍은은 점점 밀려나는 검세 속에 여전히 같은 몸짓, 같은 눈빛을 하고 있는 청명을 마주했다.

'어찌 아직도 이리 오연할 수 있단 말인가.'

홍은은 다 죽어 가는 노구라고 생각했던 청명에게 새삼 두려움을 느꼈다.

매화태형검(梅花太形劍) 자하신목(紫霞神木).

청명의 검은 흐드러지는 폭풍우 속에서 꼿꼿이 홀로 서 있는 매화나무 그 자체였다.

콰지짓!

마침내.

홍은이 쥐고 있던 검이 허공으로 날아오르고, 청명의 검이 비어 있는 홍은의 가슴을 갈랐다.

"너는 여전히 흔들리며 조급하구나."

완벽히 승패를 가른 일격이었다.

쐐애액!

가슴에 난 화끈한 검흔을 느끼며 홍은이 비틀거렸다.

"우에엑……!"

검은 피를 토해 낸 홍은은 거친 숨을 몰아쉬며 청명을 노려봤다.

확실히 느낄 수 있었다.

즉사하지 않고, 아직 버티고 설 수 있는 건 청명이 마지막 검초에 손 속을 뒀기 때문이었다.

"……왜, 왜! 어찌하여 자비를 두는 것이오!"

잠잠해져 가는 먼지바람 속에서 청명이 무겁게 입을 열었다.

"사형제니까."

"어서 베시오!"

"대체 왜 그랬느냐."

이미 돌이킬 수 없는 강을 건넜기에 홍은도 더 이상 본심을 감추지 않았다.

"내가…… 내가 장문인이 되었어야 했소!"

"그랬다면 나았을 수도 있겠지."

"당신의 선택이 잘못된 것이오! 끝도 없이 겁만 먹는 당신의 모든 선택이 화산파를 분열과 나태로 가득 채운 것이라 이 말이오!"

"너의 선택은?"

"……."

"정녕 화산을 생각한다는 너의 선택들은 온전히 화산을 위한 길이었느냐?"

"우에엑……."

또 한 번 피를 토해 낸 홍은이 이를 갈며 소리쳤다.

"그렇소! 천하는 난세요! 화산이 가야 할 길은 빌어먹을 도경이나 읽던 과거에 얽매이는 게 아니라 패도천하를 인정하는 것이란 말이오!"

"내가 그랬다. 내가 했던 생각이 지금의 너의 생각과 크게 다르지 않아. 그 결과가…… 지금의 화산이다."

"궤변이오!"

"검은 많은 것을 말한다. 그리고 너는 오늘 내 검을 봤을 것이다. 내 검이 어떠하더냐."

"……."

"흔들리지 않았지. 아니더냐."

"그것이 어쨌다는……. 크윽…… 것이오!"

"은아, 아직도 모르겠느냐? 화산은 그랬어야 했다. 천하의 정세에도 흔들리지 않았던 사부님들의 의지를, 우리가 그대로 이어 갔어야 해. 천하가 패도를 따른다 하여 화산마저 패도를 따랐어야 했느냐? 화산에는 화산의 길이 있었던 것이야. 그동안 그저 두려움과 미혹에 흔들린 것뿐이지."

"크흐흐……."

홍은은 낮게 웃음을 흘렸다.

부정하고 싶지만, 청명은 예전이나 지금이나 늘 자신보다 앞서 걸어가고 있었다.

"이제 돌아가자, 화산으로……. 아직 화산은 네 힘이 필요하다."

"대사형……."

"그래."

"나는 너무 멀리 왔소. 그리고 내 뜻 역시 굽힐 생각이 없소. 내게 화산은 편안한 곳이 아니었소. 늘 갈망하는 곳이었을 뿐이지. 그런 내가 지금 화산으로 돌아간다면 지금의 화산은 내게…… 철창 없는 뇌옥일 뿐일 것이오. 잘 놀다 가오."

"은아! 안 된다!"

청명은 황급히 그에게 뛰어갔지만 이미 홍은의 얼굴에는 칠공분혈이 일어나고 있었다.

츠츠츳!

홍은이 마지막 힘을 다해 온몸의 혈맥과 오장육부를 스스로 망가트려 버린 것이다.

후두둑.

흐려지는 의식 속에서 홍은은 뛰어오는 청명을 아련한 눈으로 바라봤다.

'그래도 저승에서 지켜보리다……. 대사형.'

그것이 홍은의 마지막 의식이었다.

청명이 쓰러진 홍은을 끌어안은 채 일갈을 터트렸다.

"이제 그만 검을 멈추거라!"

포위된 매화검수들은 전의를 잃었는지, 청명의 노성에 쥐고 있던 매문고검을 내려놓았다.

"투항하겠소."

"투항하리다."

유예린이 고개를 끄덕인 후 악가상천대에게 외쳤다.

"선배님의 결정이 있을 때까지 모두 병기를 회수하고 결박시켜라!"

항복 의사를 밝힌 매화검수들은 크게 반항하지 않고, 하나둘 속박되어 무릎이 꿇려졌다.

그사이 청명은 아직 온기가 남아 있는 홍은의 시신을 끌어안은 채 올라오는 핏물을 토해 냈다.

"쿨럭……."

"선배님, 괜찮으십니까."

발 빠르게 다가간 악정호는 청명의 안색이 새하얗게 질린 것을 보고는 눈살을 찌푸렸다.

하지만 청명은 상세에 대해서는 크게 대답하지 않았다.

악화된 몸이야 어제오늘 일이 아니었으니까.

청명이 화제를 돌렸다.

"오늘 마주한 일은 함구해 주겠는가? 부탁함세, 여생을 화산의 수치만 남기다가 떠날 수는 없잖은가."

"물론입니다. 가솔들을 단단히 입단속해 두겠습니다. 저역시 본 가가 화산이 과거의 영광을 되찾는 데에 도움이 되길 바랍니다."

"이미 큰 도움이 되셨네."

청명은 지친 기색이 역력했지만, 눈빛만큼은 그 어느 때보다 명료한 정광으로 가득했다.

"우선 뒷일은 저희에게 맡기시고 당장 치료부터 받으셔야 합니다. 치료를 원치 않으신다면 기혈이라도 안정시킨 후에 다시 출발하시지요."

"호법을 서 주게. 그것이면 되네."

"하오나……."

"가주."

나직이 악정호를 부르는 청명은 단호하고 비장했다.

이미 스스로의 안위 따위는 안중에 두지 않는다는 듯한 각

오였다.

"오랜 세월 너무 많은 시간을 잘못된 선택들로 허비했네. 내 후배들, 후인들에게조차 그런 선택으로 인한 여파를 감당케 할 수는 없네. 화산은 전보다 나은 선택을 하게 될 것이야. 내 약속함세. 그러니 부디…… 내 뜻에 따라 주게."

"……알겠습니다. 하나 대신 제가 아끼는 대대를 화산에 당도하실 때까지 호위하도록 하겠습니다. 그것만큼은 허락해 주십시오."

"그것 역시 크게 걱정할 필요 없네."

"하지만 화산의 제자들이 선배님의 목숨을……."

청명은 대답 대신 악정호의 어깨를 두드린 후에 결박되어 있는 매화검수들을 향해 다가갔다.

"옥명, 온중, 진효. 너희가 살아남은 제자들 가운데 가장 높은 항렬이렸다."

호명된 매화검수들이 고개를 떨궜다.

전대 장문인을 해하려 한 제자들이었다.

사문의 이름에 먹칠을 한 기사멸조의 죄와 다름이 없었다.

지켜야 하는 수많은 도칙(道則)과 계율 중에서도 절대 어기면 안 되는 최악의 행위였던 것이다.

"내 너희의 목을 베어도 모자라지 않다는 것을 알 것이니라."

옥명이라 불린 제자가 외쳤다.

"죽여 주십시오, 사백!"

"화산의 정기를 어지럽힌 것은 부정할 수 없는 사실입니다. 당장 베십시오."

뒤이어 진효가 덧붙였다.

살아남은 나머지 매화검수들이 통곡하며 소리쳤다.

그 순간.

"되었다."

자애로운 청명의 음성에 무릎 꿇은 매화검수들의 눈빛이 크게 흔들렸다.

고요한 가운데.

청명의 음성이 그들의 귓가에 울려 퍼졌다.

"사부의 탓도, 사형제의 탓도 없이 스스로의 잘못을 인정하여 마주 볼 수 있는 용기가 있음을 내게 보여 주었으니 이만하면 충분했느니라. 오늘의 일로 못다 핀 채 져 버린 제자가 너무 많다. 더 이상의 죽음은 원치 않는다. 너희를 용서하마."

꿀꺽.

청명의 예상치 못한 용서에 매화검수들의 눈에서 눈물이 흘러내렸다.

"어찌…… 어찌 이 무거운 죄책감을 이고 살아가라 하십니까!"

"사백, 차라리 죽여 주십시오!"

매화검수들의 외침에 청명은 고개를 저었다.

"너희는 잘못된 선택을 하였고, 그 선택으로 말미암아 너희의 가족인 사형제들과 사부들이 죽었다. 죄책감을 짊어진 채 살아가며 평생 동안 그 과오를 뉘우치거라. 화산에 돌아가거든 너희와 같은 선택을 한 제자들을 설득하고, 잘못된 선택을 한 지난날을 마주하거라. 그래야…… 비로소 화산의 제자가 될 수 있을 것이니라."

그 순간 입술을 굳게 다물고 있던 온중이 정수리를 땅에 찧었다.

쿵! 쿵!

이마에서 피가 줄줄 나면서도 머리 찧기를 이어 간 온중이 파르르 떨리는 눈빛으로 외쳤다.

"제자, 온중! 사백께서 남기신 말씀을 모든 뼈와 영혼에 새기겠나이다!"

온중을 시작으로·열 명도 채 남지 않은 매화검수들은 모두 머리를 땅에 박으며 과오를 마주했다.

"그래…… 그것이면 되었느니라."

청명은 씁쓸한 눈빛으로 고개 숙인 매화검수들을 내려다봤다.

끊임없는 피의 복수는 계속된 악순환을 낳으며, 화산파를 궁지로 몰아갈 뿐이었다.

이미 이 일을 주도한 장로들은 각자 죽음을 맞이했고, 구궁대와 서명궁의 매화검수와 일대제자들이 죽었다.

이 참혹함이라면 대가는 충분하리라.

"유 대주."

"예, 선배님."

"제자들의 포박을 풀어 주시겠나?"

"하오나 이자들은 선배님을 베려고 한 자들입니다. 그 의중을 믿기 힘듭니다."

"죽은 사형제들에 대한 죄책감을 짊어진 제자들일세. 더 이상의 잘못된 선택은 하지 않을 걸세."

주춤하는 유예린이 뒤쪽에 있는 악정호를 쳐다봤다.

악정호가 말없이 고개만 끄덕였다.

허락의 뜻이었다.

유예린은 어쩔 수 없이 악가상천대에게 하명했다.

"모두, 포박을 풀어 주어라!"

"고맙네. 쿨럭……!"

미소 지은 청명이 다시 한 번 피를 쏟아 내며 비틀거렸다.

포박이 풀린 매화검수들이 일제히 청명을 부축하며 곁에 모여들었다.

청명이 그들을 향해 말했다.

"그만 화산으로 돌아가자."

지그시 눈을 감는 청명의 머릿속에 앞으로 남은 과제들이 숙제처럼 스쳐 지나갔다.

지친 기색으로 나무에 기대 있던 위철성은 청명의 모습을 보며 인상을 구기고 있었다.

"빌어먹을, 이런 변이 있나……!"

화산의 상황은 그의 생각과는 전혀 다른 방향으로 흘러가는 중이었다.

청명은 그의 생각보다 더 아둔하고, 더 멍청이였다.

"제 놈 목숨을 노린 놈들을 살려 준다고?"

위철성은 욕지거리를 뱉으면서도 멀찍이서 자신을 힘없는 눈으로 바라보고 있는 청명을 지그시 마주했다.

그 눈빛은 탈속한 선인의 눈빛처럼 그 어떤 복수심도, 원한도 없는 고요한 눈길이었다.

위철성은 저따위 눈을 보려고 이곳에 온 것이 아니었다.

이제 받아들여야 했다.

세월은 놈을 약하게 했고, 변하게 했다.

놈은 죽이지 않아도 죽어 가고 있었으며, 화산은 파국의 끝에 있었다.

복수할 청명은 이미 충분히 엉망이었던 것이다.

때마침 악정호가 다가왔다.

"선배님께 이미 이야기는 충분히 들었소. 과거지연이 각별하시다고……."

"큭, 역시 위선자 놈답군. 그새 네놈에게 나를 죽이라 시키더냐?"

"아니오. 오히려 내게 대신 제안을 해 달라 하셨소."

"제안?"

"말년을 함께 보내는 것도 나쁘지 않을 것 같다고 말씀하셨소. 물론 나는 당신이 선배님과 동행하는 것을 지켜보는 것이 편치는 않소만."

위철성은 잠시 아무 말 없이 악정호를 노려보더니 이내 피식 웃어 보였다.

"저놈이 죽을 때가 되니 정신이 나갔나 보군. 그따위 제안은 집어치우라고 전해 주거라."

그 말을 끝으로 위철성은 자리를 털고 일어났다.

"복수는…… 끝난 것이오?"

악정호의 반문에 떠나려는 위철성이 도를 회수하며 대답했다.

"끝나기는……. 화산 놈들의 뒤통수를 어떻게 칠지 궁리할 참이다. 왜, 대답을 듣고 보니 막아서야겠다 싶으냐?"

"오늘은 아니오. 오늘은 화산도 악가도 당신에게 빚을 졌소."

"화산이야 그렇다 쳐도, 네놈들은 왜?"

"내 부친의 오랜 벗을 지켜 주셨소."

"지랄. 정파 놈들의 위선은 언제 들어도 소름끼치는구나."

위철성은 몸을 파르르 떠는 시늉을 하더니 돌아서서 제 갈 길을 가 버렸다.

'그는 다신 화산을 돌아보지 않을 것이다.'

악정호는 위철성이 방금 전의 말과 달리 다시 화산에 나타나지 않을 것이란 확신이 들었다.

마지막 말 속에 그의 눈빛에는 그 어떤 원한도, 적의도 담겨 있지 않았다.

그저 세월의 야속함만이 담겨 있었을 뿐.

며칠이 흘렀다.

악운은 그간 당청을 종종 찾아 짧게 대화를 나누다가 떠나기를 반복했다.

그런데.

오늘은 당청의 분위기가 평소와는 확실히 달랐다.

평소에는 늘 악운이 먼저 얘기를 꺼냈지만, 오늘은 당청이 먼저 운을 뗀 것이다.

"본가에는 분묘장(紛墓場)이란 곳이 있다."

"그래서?"

악운은 뒷짐을 진 채 담담히 그의 말을 경청했다.

"우리 가문은 그곳에 수많은 시신을 태우고 묻어 왔지. 가장 많이 묻힌 시신은 독인을 제작하고자 연구했던 실패작들이다. 이런 역할은 보통 가문의 벌을 받아 뇌옥에 수감된 자들이거나 가문에게 반기를 드러낸 자들이 맡는다. 쥐도 새도 모르게 천하에서 사라지는 거지. 돌아가면 나는 그중 하나가 될 것이야."

당청이 두려운 듯 몸을 잘게 떨었다.

"나는 그리될 수 없다. 해서, 네게 제안하지. 나는 네놈의 곁에 계속 머무르겠다. 잃어버린 손과 발은 의수와 의족으로 대신해도 네놈을 쫓아다닐 수 있겠지."

"이유는?"

"나는 네놈의 실력을 봤다. 숨어 다니는 것보다는 네놈의 곁이 더 안전해. 그러다 보면 사천당가가 멸가하거나 내가 죽거나…… 어느 쪽이든 결판이 나겠지."

악운은 조용히 고개를 끄덕였다.

"뜻대로 해. 물론 내가 만족할 만한 말을 해야 할 거야. 그렇지 않으면 나는 너를 이곳에서 내보낼 생각이니까."

꿀꺽.

당청은 입이 마르는 듯 한차례 침을 삼켰다.

"좋다. 네가 내게 원한 것이 당가의 약점이었지."

"그래."

"현재 우리 가문은 독인 연구에 큰 진척이 있었다. 혈교의 비술을 받아들여 제령(制靈)을 통해 완벽히 꼭두각시로 만든 독인이지. 그것의 완성이 머지않았어."

"독인……."

"그래. 본격적으로 가문과의 분쟁이 일고, 사천당가가 궁지에 몰리면 내 부친은 분명 그 독인들을 사용할 것이다. 그것들은 하나하나가 만독을 품었으며, 인간을 초월한 재생 능력과 움직임을 지닐 수 있게 된다고 했다."

"본 적은 없어?"

"내게도 개방된 적이 없다. 오로지 가주님과 이 일에 관계된 일부 장로들만이 극비리에 알고 있을 뿐이야. 하지만 그 독인의 연구가 어느 곳에서 이뤄지고 있는지는 대략 짐작 가는 곳이 있지."

"어디지?"

"당가 외부에는 다음 대 가주에게 개방되는 비동(秘洞)이 있다. 그 비동에는 역대 가주들이 만들어 낸 인공의 독지(毒地)와 독수(毒水)가 존재한다. 독인들을 숨겨 놓을 만한 곳이라면 그곳이 최적일 것이야. 본가의 역사를 지탱해 온 명왕지독도 그곳에 조금 있다는 설을 들은 적이 있다."

"가 본 적은 없나?"

"나는 소가주의 자리에만 올랐을 뿐, 다음 대 가주로 완벽히 인정받지는 못했다. 내게는 열리지 않는 문이었지. 하지만 은밀히 도는 얘기 정도는 접할 수 있는 자리였지."

당청의 눈이 날카롭게 빛났다.

"쉬쉬하던 얘기들이 정말 맞다면, 비동은 운남 애뇌산에 숨겨져 있다. 그 이상 정확한 위치는 알지 못해. 네놈이 찾아라. 만약 찾아서 그 안에 있는 것들을 모조리 파괴할 수 있게 된다면……."

악운이 단호하게 말을 덧붙였다.

"당가는 재건할 수 있는 모든 뿌리를 잃게 되겠지."

아마, 그들이 고통스러워할 최고의 비수가 될 것이다.

사천당가

"독인이라……. 상상을 초월하는군."

호사량이 탄식하듯 읊조리며 수염을 쓸어내렸다.

혈교대란 혹은 혈마대란.

어느 쪽으로 불리든 지옥이나 다름없던 그 시절.

사천당가의 '독'은 혈교에 대항한 정파 최고의 비책 중 하나였다.

대패에 몰렸던 사천당가가 가지고 있었던 절세의 독을 이용해 멸가의 위기를 벗어난 일은 세간에 모르는 이가 없을 지경이었다.

'그런데 그 독을 품은 독인이라…….'

심지어 일반적인 독인도 아니었다.

독공의 고수가 몸을 희생해 독인화를 꾀한 것이 아니라, 제령을 통해 이지 없는 살육 병기로서의 독인을 제작했다는 것이 아닌가.

"최악이구려."

회의를 위해 참석한 백훈이 인상을 구겼다.

"젠장, 그 빌어먹을 놈의 독을 또 마주해야 하는 건가?"

이미 독야문과 싸워 본 전적이 있는 백훈은 독을 가진 자들과의 싸움이 얼마나 까다로운지 확실히 인지하고 있었다.

악로삼당의 수장들 역시 헛웃음을 흘렸다.

팔짱을 낀 알하가 눈살을 찌푸렸다.

"정파에 속한 자들이 어찌 그런……."

삼당주 노르가 욱한 표정으로 외쳤다.

"소가주, 내게 맡겨 주시오. 당장 애뇌산으로 달려가 그 독인인지 하는 놈들을 수색하겠소."

이당주인 어울이 고개를 저었다.

"둘째야, 경거망동하지 마라. 쉬운 문제가 아니야."

"하지만 형님, 이대로 두고만 볼 순 없잖소?"

큰형인 일당주 알하가 말했다.

"소가주께서 아직 어떤 결정도 내리지 않으셨지 않으냐. 기다리거라."

"끄응, 하는 수 없지."

악운은 흥분한 마음을 내리누른 노르를 바라보며 입을 열었다.

"현재 우리는 그들이 항주를 노릴 것이라고 예측하고 있습니다. 또한 그들의 독인은 분명 가문에 크나큰 위협이 맞습니다. 이 말을 듣자마자 부각주께서 이미 제녕에 전서구를 보냈고요."

숨을 고른 악운이 말을 이었다.

"우선은 본래 계획대로 항주를 벗어날까 합니다. 그래야 항주가 이 전투의 여파를 피할 수 있습니다. 그들이 노리는 건 우리니까요."

"그 후엔 어찌하실 것이오?"

호사량의 반문에 악운이 말을 이어 갔다.

"안휘에 도착한 후에는 부각주의 통솔에 따라 악로삼당의 당주들께서 남궁세가 가주님께 이 상황을 전해 주십시오."

백훈이 나직이 물었다.

"우리 편에 서 달라 물어보려고?"

"아니, 남궁세가는 개입하지 말아 달라고 청할 거야."

의외의 얘기에 백훈이 눈을 동그랗게 떴다.

"어째서?"

"우린 당가와만 싸우는 게 아니야. 혈교의 침략에도 대항해야 해. 쓸데없는 소모전을 줄여야 한다는 뜻이야."

호사량이 눈을 빛냈다.

"이해가 가지 않소. 남궁세가의 협조가 있다면 우리 가문의 피해 역시 줄어들지 않겠소?"

"남궁세가가 대놓고 움직이면 사천당가는 금정회의 무리에 도움을 요청할 겁니다."

"남궁세가가 움직이지 않아도 사천당가가 금정회에 도움을 요청할 수도 있소."

"그럴 수도 있겠지요. 해서 우리가 가진 모든 정보를 남궁세가와 공유한 후에 금정회를 제외한 문파들이 금정회 세력을 견제할 수 있게 해야 합니다. 그럼 금정회가 아닌 정파 세력은 중원이 전화에 휩싸일까 두려워 전전긍긍할 것이고, 금정회의 무리들 역시 쉽사리 움직이지 못하고 관망하겠지요."

"아!"

호사량은 이제야 악운이 무엇을 의도했는지 알 것 같았다.

악운은 당장의 상황보다 궁지에 몰릴 사천당가가 최후로 꺼내 들 패를 미리 견제하고자 마음먹은 것이다.

그러기 위한 전제 조건은…….

"반드시 우리 가문이 이길 수 있다는 확신이 있는 것이오?"

"예."

악운의 단호한 대답에 호사량의 입가에 희미한 미소가 스쳤다.

이런 일이 한두 번이던가.

악운은 늘 위기에서 기회를 찾아 왔다.

얼마 전 수적과의 싸움에서도 악운이 초빙한 수왕의 후예들은 완벽히 판을 뒤집지 않았던가.

호사량은 내심 기대가 됐다.

그사이 악운의 말이 차분하게 이어졌다.

"이미 당가와의 전면전은 전부터 예견했던 일입니다. 준비해 온 대로 싸우면 됩니다. 오히려 마음이 급한 쪽은 저들입니다."

"그렇겠지. 명분이 없는 싸움이니 최대한 빠르게 끝내려 들 것이오."

"그럼 그들에게 있어 우리가 자리를 비울 항주는 매력적인 전장이 아닙니다. 곧장 제녕을 통해 동평과 제남에 칼을 겨눌 테지요."

"오기만 해 봐라, 빌어먹을 놈들."

백훈이 굳은 표정으로 눈을 치켜떴다.

이미 장내에 모인 이들은 전운이 코앞으로 다가왔음을 직감했다.

❧

사천성, 성도.

기름진 옥토를 가져 매년 풍작을 이루는 곳이자 겨울에도 매서운 한파는 피해 가는 땅.

이곳에 오대세가의 수좌를 다투는 사천당가의 심처(深處)

가 있었다.

'사룡성(四龍城).'

작은 호수라 불릴 만큼 커다란 인공 못과 하늘에 닿을 것 같은 고층 전각에, 중소규모 장원까지 딸린 사룡성은 부지의 규모만으로도 그들의 부와 권위를 짐작하게 했다.

그런데…….

늘 여유 있고 느긋하던 사룡성 내의 분위기는 평소와 달리 팽팽한 긴장감으로 가득했다.

사룡성의 중심.

사평전(四評殿)으로 날아온 전서구 때문이었다.

당백의(唐伯倚)에 앉은 당평이 한자리에 모인 가솔들을 고요한 눈길로 내려다봤다.

"……전서의 내용은 충분히 숙지하였을 터. 말씀들 해 보시게."

엄중한 당평의 음성에 장내에 모인 가솔들은 아무도 쉽게 운을 떼지 못했다.

당평의 음성에 담긴 노여움을 짐작하기 힘들었던 것이다.

"공 각주."

"예, 가주님."

"그대가 말해 보게. 현 상황을 어찌 보고 있지?"

무미건조한 당평의 눈빛이 제일 먼저 향한 곳은 사천당가의 두뇌라 불리는 암향각의 각주, 공후였다.

당평의 먼 외척이나 뛰어난 지혜로 인해 영입된 인사였다.

"정보가 도착한 시기로 봤을 때 이미 산동악가 측에서는 혈교 지부를 몰아내고, 우리와 혈교의 연관성이 담긴 증좌들을 수집했을 가능성이 높습니다."

"해서?"

"아직 악가는 혈교 지부와 전투를 치른 지 얼마 되지 않았습니다. 게다가 소가주의 오판으로 삼양대와도 전투를 치러야 했겠지요. 그들이 우리의 예상을 뛰어넘는 전력 규모를 가지고 있는 것으로 보이나, 그들 역시 이번 일로 피해가 상당할 것입니다."

"즉시 기습을 실행하자는 뜻이로군."

"예, 가능한 한 많은 전력을 끌고 가야 합니다. 만약 그들이 우리와 혈교와 결탁했다는 정보를 확보하고 있다면 우리는 더는 정파로서의 지위를 확보할 수 없습니다. 그러니 항주가 아닌 제녕으로 향하는 것이 좋겠습니다."

"항주가 아니라 제녕이라?"

"항주는 파견 나온 자들은 악가의 일부일 뿐입니다. 일부에 발목이 붙잡혀 시간을 끄는 것보다 본신을 타격하는 것이 낫지요."

"하나 아직 항주에서는 혈교 지부와 악가의 충돌이 있었다고만 할 뿐 우리와 관련된 일은 그 어떤 것도 새어 나오지 않고 있다. 그것은 어찌 보지?"

"의도했을 가능성이 높습니다. 놈들은 현재 우리와 전면전을 원치 않고 있을 것이고, 그러려면 우리와 협상할 패가 필요하겠지요. 그런 면에서 따져 보면 이 일을 은폐했을 가능성이 높습니다."

"그럼 충돌보다는 협상으로 조용히 정리하는 편이 낫지 않겠는가?"

"그리한다면 놈들에게 주도권을 빼앗기게 됩니다. 배수진이 필요한 순간입니다."

"배수진이라……."

"놈들을 무너트린 후 빠른 속도로 포위해야 합니다. 절망을 안긴 뒤에 살아 나갈 희망을 대가로 거래한다면 주도권은 우리가 쥘 수 있습니다."

"그사이에 놈들이 혈교에 관련된 정보를 퍼트린다면?"

"이 일은 정파 전력의 절반에 해당하는 문파가 결탁되어 있습니다. 설사 정보가 퍼진다고 한들 소림을 비롯한 가문과 문파 들이 악가의 편에 서는 것은 쉽지 않습니다. 우리와 충돌하게 되면 천하는 혼란해지고, 혈교는 그 틈을 노릴 테니 말입니다. 이를 고려한다면 쉬이 움직이지 못할 테지요."

"머뭇거리는 동안 악가와의 일을 정리한다는 게로군."

"예, 그 후에 산동성과 맞닿아 있는 황보세가에 산동성에 관련된 많은 이익을 양보하는 대신, 우리는 제녕과 항주의 상권을 얻으면 됩니다. 또한 혈교 지부의 원한을 우리가 갚아 준 셈이니, 혈교와도 거래를 재개할 여지가 생기겠지요."

"과연……."

당평은 공후의 계획이 크게 마음에 들었다.

그의 흡족해하는 표정을 살핀 공후가 이어서 말을 덧붙였다.

"하나 고려해야 할 것이 있습니다."

"무엇이냐?"

"소가주가 지닌 명왕지독을 그들이 어찌 막아 낼 수 있었는지에 대한 의문이 아직 풀리지 않았습니다."

"오랜 세월 명왕지독을 마주하고도 살아남은 자들은 없다. 당청이 명왕지독을 사용하지 않고 숨겨 두기만 했거나 놈이 그것을 사용하기 전에 악가 측에서 차단했을 것이야."

"하오나 만약…… 놈들이 명왕지독을 해독할 방안이라도 갖고 있는 것이라면 그것은 우리를 상대할 최고의 무기를 지닌 것이나 다름없습니다."

그 순간 당평의 표정이 급변했다.

"그만. 지금 그대는 당가의 근간을 세운 명왕지독을 폄하하는 것이냐?"

"그것이 아닙니다. 송구합니다."

공후는 사실 가장 경계해야 할 것은 당평이 가진 오만이라고 판단했다.

당평의 눈빛은 분명 아직도 산동악가를 경시하는 태도를

담고 있었으니까.

'가벼이 흘리기엔 너무 큰 변수이거늘……'

하지만 공후는 나서지 않았다.

당평은 권위를 중요시 여긴다.

이 이상 나서면 죽음이 기다렸다.

"알았으면 되었다."

"소가주의 처우는 어찌하실는지요."

이어진 공후의 질문은 대부분의 인사들이 궁금해하는 바이기도 했다.

그러나 당평은 크게 고심하지 않았다.

"따로 구출 계획은 세우지 않는다. 만약 악가에서 놈을 제거한다면 복수할 명분을 얻을 수 있을 것이고, 그러지 않더라도 패전한 한심한 자에게 당가의 전력을 쓸 생각은 없느니라."

"예, 알겠습니다."

물러난 공후와 함께 당평의 시선이 장로들을 향했다.

"귀명회(歸明會)는 어찌 생각하시오?"

귀명회는 전대 가주를 모셨던 장로들로서 당평의 권위에 힘을 싣는 최측근이었다.

전대 가주가 아꼈던 황원이 말했다.

"가주의 뜻에 따르는 것이 가문의 가솔로서 해야 할 일 아니겠소? 본 회는 가주의 뜻을 따르리다. 전장만 정해 주시오."

당가 최고수들로 이뤄진 귀명회의 전폭적인 지지까지 받고 나니, 당평은 더 이상 거칠 것이 없었다.

"현 시간부로 공 각주의 암향각은 산동악가의 모든 움직임을 파악하는 데 집중하고, 황 회주는 수송대를 이끌고 애뇌산에 다녀오시오."

애뇌산이 어떤 의미를 갖고 있는지 아는 일부 고위 가솔들의 눈동자가 의미심장하게 빛났다.

당평은 잠들어 있을 애뇌산의 독인(毒人)들까지 꺼낼 참이었던 것이다.

하지만 당가 내의 가주의 뜻은 천명과도 같은 법.

모두가 이의 없이 가주의 뜻을 받아들였다.

"그러리다."

"그사이 귀왕대, 위정대, 성청대, 이 세 개 대대의 대주들은 외부에 파견된 사당(四黨)을 이끌고 하남성 개봉 안가(安家)에 빠르게 집결하라."

하남성 개봉 안가는 사천당가에 속한 서명 상단이 현재 상단 지부로 사용하는 중소 규모 장원이었다.

임시로 주둔하는 데에는 이만한 곳도 없었다.

호명된 대주들이 일제히 부복했다.

"가주님의 명을 받듭니다."

사천당가가 움직이고 있었다.

탁.

악정호는 악운이 보내 온 서찰을 접었다.

"부각주의 전언에 따르면 악로삼당을 이끄는 삼당주는 악 가뇌혼대와 함께 안휘성 황산에 접어들었소. 남궁 선배와 독 대 후 제녕으로 배를 타고 건너올 것이라고 하오."

이어서 장내에 함께 앉아 있는 유준이 다음 서찰을 건넸 다.

"이것은 얼마 전 건 분타주에게 따로 청하여 입수한 정보 입니다."

유준에게 서찰을 받아 든 악정호가 빠르게 글줄을 읽어 내 려갔다.

"흐음…… 사천당가가 은밀히 하남 개봉 안가로 집결 중이 라는군. 워낙 경계가 삼엄해 병력의 규모는 알아낼 수 없었 다고 하오. 개봉에 사는 각별한 지인이 아니었다면 이마저도 알아내기 힘들었을 거라 하는군."

유준이 고개를 끄덕였다.

"개방의 고수인 건 분타주조차 알아내기 힘들었던 움직임 이라면 분명 사천당가 측에서는 이번 기습에 만전을 기하고 있다는 뜻입니다. 부각주가 언급한 대로 소가주의 예상이 옳 았습니다. 그들의 움직임으로 미루어 보아, 그들은 제녕으로 향하는 최단거리로 이동하는 것이 확실합니다."

"항주가 아닌 제녕을 먼저 칠 것이라……."

"그럴 만도 합니다. 현재 제녕은 우리 가문 재화의 대다수 가 거쳐 가는 곳이며, 여러 도시를 잇는 중심지입니다. 제녕 을 얻으면 우리 가문의 전력을 절반 이상 빼앗는 것과 다름 없습죠."

가라앉은 유준의 눈빛에는 냉철한 이성이 감돌고 있었다.

"일전을 피할 수 없는 건 이미 기정사실화가 된 것 같구 려."

악정호가 비장한 눈빛으로 수염을 쓸어내렸다.

"예."

고심하던 악정호가 말했다.

"도심에서 시가전이 벌어진다면 이 일과 관계없는 이들이 피해를 볼 수도 있소. 그에 따른 대책이 필요하오."

장설평이 의견을 보탰다.

"그 전에 만익전장에 몰려 있는 재화들을 분산해야 할 필 요성이 있습니다."

악정호가 의외로 단호히 고개를 저었다.

"그럴 필요는 없소."

"다른 의중이 있으신지요."

"이번 일전은 서로의 명운을 건 전투요. 이번 전투에서 패 배하면 우리 가문은 멸가에 이를 것이오. 훗날을 도모할 생각은 없소."

"무슨 말씀이신지 알겠습니다. 하면 저는 가문의 보급에 모자람이 없도록 모든 운송을 마쳐 놓겠습니다."

"이해해 주어 고맙소."

신 각주도 특유의 깐깐한 표정으로 덧붙였다.

"저 역시 장 회주를 돕는 데에 합류하지요. 모든 곳에는 장부가 필요한 법이니……."

"어련하시겠소."

일전을 앞두고도 변함없는 신 각주의 꼼꼼한 일처리에 미소 지은 악정호는 다시 유준을 쳐다봤다.

"다시 방금 전의 얘기로 돌아가서 시가전 얘기를 해 봅시다. 도심이 아닌 곳으로 그들을 꾈할 방법은 없겠소?"

"크흠, 물 위에서 싸우는 것은 어떻겠습니까?"

백해채…… 아니, 수운상회(水運商會)의 회주가 된 호몽이 부리부리한 눈매를 번뜩였다.

"나쁘지 않은 생각 같소만. 그러려면 그들이 운하를 통해 제녕에 접근해야 하오. 하지만 지금 돌아가는 사정을 보면 그들은 지상로를 통해 움직일 가능성이 크오."

유준 역시 악정호의 말에 동의했다.

"가주님의 말씀이 맞습니다. 차라리 수운상회의 무사들은 제녕의 머무는 민초들을 위해 움직이는 편이 낫겠습니다. 배를 통한다면 민초를 잠시 피신시킬 수 있을 것입니다."

호몽은 현명하게 고집을 꺾고, 더 나은 방안을 제안했다.

"좋소. 하면 최소한의 인원을 가용해 배들을 운용해 민초를 피신시키고, 지상전에 힘을 보태겠소."

악정호가 한결 마음의 짐을 덜어낸 눈빛으로 대답했다.

"옳은 판단이시오. 회주가 가문의 형제가 된 것이 참으로 큰 힘이 되오."

"껄껄, 제가 가주님의 형제가 된 것만 하겠습니까?"

훈훈한 분위기 속에 유준이 다시 화제를 꺼냈다.

"제일 큰 시름은 덜었으니 다음은 당가의 가장 큰 위협에 어떻게 대처해야 할지 고심해야 합니다."

악정호가 자연히 각 대대의 대주에게로 향했다.

"백 대주는 어찌 생각하시오?"

"현재 제녕으로 언 대주가 악가진호대와 악가운정대(岳家雲正隊), 그리고 산협단과 요사이 창설된 정룡단(正龍團)까지 이끌고 오고 있다 들었습니다."

정룡단은 최근 영입한 여러 식객을 주축으로 새로 창설된 곳으로 얼마 전까지 언성운에 의해 집중적으로 훈련받은 가솔들이었다.

이제 악가는 과거 유명했던 삼대무군의 자리를 채우고도 남을, 훨씬 많은 가솔들을 보유하게 된 것이다.

이제 가문 내에서는 다섯 개 대대와 세 개 군단을 '오명삼휘(五鳴三揮)'라고 칭하고 있었다.

"그렇소. 최소한의 위사 가솔만 남겨 놓고 오는 중이지."

"하면 악가휘명대가 가주님의 호위가 아닌 본래 임무대로 적의 예봉을 꺾는 선봉 역할과 척후 역할을 할 수 있으리라고 봅니다. 해서 저들을 저희가 원하는 전장으로 유인토록 하겠습니다."

곁에 앉은 유예린이 고개를 저었다.

"악가휘명대 혼자서는 힘듭니다. 악가상천대 역시 함께하겠습니다."

"음, 그 전에 사마 각주의 의견부터 들어 봅시다."

이제껏 침묵하며 모두의 의견을 듣고만 있던 사마 각주가 씩 웃으며 말했다.

일의 급박함을 알게 된 사마 각주가 몸소 제녕으로 건너온 것이다.

"적을 최적의 시기와 환경 속에서 싸움을 거는 건 분명 필요한 지략이지요. 하나 그들을 순순히 우리의 뜻대로 움직이게 하려면 변수가 너무 많습니다. 설사 그들을 원하는 대로 가둔다고 한들……."

사마수의 눈빛이 깊어졌다.

"그들의 독은 환경을 가리지 않지요. 당가와의 싸움에 최적의 전장이란 없습니다. 독에 대응할 수 있느냐, 없느냐로 나뉠 뿐입니다. 아닙니까, 성 각주님?"

사마수와 동행한 성 각주가 미소 지었다.

"맞소. 해서 오랜만에 바깥바람을 쐬러 온 것이지. 홀홀, 모두들 힘든 싸움을 하는 동안 내가 놀고만 있는 것은 아니었다오."

지켜보던 유준의 눈에 이채가 흘렀다.

오늘 당도한 성 각주와 사마 각주는 산동상회를 통해 꽤 긴 수송대 행렬을 데리고 왔다.

'그럼, 그 수송대가 설마……'

그녀가 웃음을 터트렸다.

"금일 수송해 온 따끈따끈한 환단(丸丹)에 놀라지들 마시게."

성 각주는 그 말을 꺼내며 얼마 전 악운에게 받은 연단술식을 떠올렸다.

악운은 새로운 방식의 연단술식을 제안하며 전서에 이렇게 보태 썼다.

　

　–각주님…… 아니, 스승님. 지키기 위해 해 온 제 공부
　가 이제 결실을 맺을 때가 온 것 같습니다.

　

그건 악운의 말대로였다.

성 각주는 고차원의 연단술식에 경악을 금치 못했고, 이를 기반으로 사천당가와의 싸움에 필요한 환약을 제작했다.

그것은 최선의 방어이자 공격을 위한 시작점이었다.

"소가주에게 고마워들 하시게. 그의 작품이니까."

유준은 허탈한 웃음을 터트렸다.

'이번에도 나보다 앞서고 계셨군……'

평안을 위한 악운의 노력과 욕심은 유준이 아직도 따라잡지 못한 강한 야망이었다.

이번에도 소가주는 다음 걸음을 위한 준비를 시작했으리라.

깊은 밤.

악운은 타고 있는 장작을 응시하는 중이었다.

─정말 혼자서도 괜찮으시겠소? 악가뇌혼대라도 동행하는 편이…….

─당가의 독인만 봉쇄할 수 있다면 가문은 전력상으로 당가와의 싸움에서 결코 밀리지 않을 겁니다. 그리고 독을 위한 준비는 이미 성 각주님께 전했고요.

─소가주가 그 어떤 독도 이겨 낼 것임을 알고는 있으나, 애뇌산에 있을 독인들은 이제껏 보지 못한 종류의 마물들일 것이오.

─하나 결국 그것들을 움직이는 건 당가입니다. 혼자서

도 충분합니다. 게다가…….

타닥.

눈을 반개하고 있던 악운은 장작 타들어 가는 소리에 다시 상념에서 깨어났다.

쌕…… 쌕…….

동행한 당청의 코 고는 소리와 훈풍이 돌았다.

단순히 장작 불꽃 때문만은 아니었다.

'운남이 가까워지고 있어.'

현재 위치는 귀주와 운남의 경계 지대.

겨울에도 따뜻한 운남인지라 영향을 받은 것이리라.

운남은 사시사철 따뜻하다.

그래서 무덥고 습한 밀림 지대가 곳곳에 자리 잡고 있으며 변방의 남월과 맞닿아 있는 곳이기도 했다.

사실상 과거 남월의 일부 부족이 현재 운남의 근간이 되었다.

'혈교 때문이었지.'

남월은 아주 오래 전 혈교에 의해 침탈당해 수백의 일족이 불타 없어지고, 살아남은 이들은 교도로 종속되거나 도망쳤다.

하지만 남월 안에서도 혈교의 교리를 받아들여 종속을 자처한 부족이 있었다.

십야족(十野族).

남월야수문이라 불린 이 부족은 천휘성의 시대에도 오대마궁의 주축으로서 계보를 잇고 있었다.

그래서 십야족을 제외한 남월에서 넘어온 부족의 후예들은 혈교를 두려워하면서도 증오했다.

사천당가가 운남에 머무는 여러 부족들과 두터운 관계가 된 것도 모두 혈교라는 공동의 적을 두었기에 가능했던 것이다.

"……이봐."

잠에서 깨어난 당청이 악운을 불렀다.

"왜."

"그날 네놈과의 일전이 꿈에 나와서 문득 하는 말인데……. 대체 명왕지독을 어떻게 막은 거지?"

악운은 시도 때도 없이 그 일을 궁금해하는 당청을 보며 말했다.

"궁금해할 거 없어. 네가 실패한 건 변함없으니까."

"재수 없기는……."

"뭐?"

"아니다."

슬쩍 악운의 눈길을 피한 당청이 장작불을 내려다보며 화제를 돌렸다.

"아마 지금쯤 본 가에서도 독인들을 쓰기 위해 장로들을 애뇌산으로 파견 보냈을 수도 있어. 그럼 너는 독인뿐 아니라 가문의 장로들까지 상대해야 해. 정말 자신 있나?"

"벌써 똑같은 질문만 세 번째다. 지겹지 않아?"

"지겨울 리가. 내 목숨이 걸린 일인데……."

"네놈 말대로 명왕지독까지 막았어. 충분히 감당할 수 있으니까 걱정 마. 네놈 목숨 정도는 유지시켜 줄 테니. 그보다 뭐 하러 따라온 거지? 이곳이 더 위험할 텐데."

"본 가를 우습게 보지 마라. 본 가에서 전력을 기울여 악가를 무너트리기로 한 이상 제녕은 더 이상 안전한 곳이 아니야. 차라리 그곳에서 멀리 떨어져 있는 네놈 곁이 낫지. 너는 명왕지독까지 막아 냈으니……."

"쓸데없는 소리는 이쯤 하고……. 슬슬 일어나지. 충분히 쉬었어."

"그러지."

당청은 의족에 지탱해 일어나며 악운의 곁으로 걸음을 옮겼다.

단전이 크게 다쳐서 과거와 같이 심후한 내공을 쓰지 못하게 됐고, 회복조차 완벽하지 않아 경공은 꿈도 못 꿨다.

어쩔 수 없이 악운에게 들쳐 업히는 짐 신세가 된 것이다.

"……"

악운은 뻔뻔한 표정으로 업히기를 기다리는 당청을 보며 깊은 한숨을 쉬었다.

귀찮은 짐짝이 따로 없었다.

하지만 운남에는 사천당가와 관련 있는 여러 무리가 있으니, 당청을 데려가면 쓸모가 있을 터였다.

"내 몸을 망가트린 네놈의 업보다. 큭큭."

"내 등에 업히는 게 할 수 있는 유일한 복수라니, 안쓰럽군."

"……."

순간 입을 앙다문 당청을 보며 악운은 빠르게 수혈을 짚었다.

운남에 진입하기 전까지는 놈이 말을 하지 않는 편이 나았다.

'잠이나 자 둬라.'

악운은 쓰러지려는 당청을 집어 들어 들쳐 메고는 이내 땅을 박찼다.

당가에서 독인을 움직이기 전에 먼저 도착해야 했다.

❧

운남성 역문(易門).

애뇌산과 가장 근접해 있는 큰 마을이었다.

이곳에 한낮에 당도한 악운 일행은 외부인에 대한 주민들의 따가운 시선을 느꼈다.

당청이 아랑곳하지 않고 입을 열었다.

"운남은 우거진 산세 때문에 각양각색의 독물은 물론이고, 겨울에도 후덥지근하지. 자처해서 이곳을 방문하는 자들은 많지 않아. 특별한 목적이 있을 때나 모습들을 비치지. 저런 시선에 크게 반응할 필요 없어. 당연한 거니까."

당청이 운남에 이르기 전에 구입한 방갓을 슬쩍 고쳐 쓰며 말했다.

악운은 조용히 당청의 설명을 들으며 마을을 이동했다.

굳이 바쁜 걸음을 재촉해 악운이 애뇌산 주변의 마을을 들른 이유는 하나였다.

"애뇌산에서 수많은 독인을 이동시킬 거라면 중소 규모 이상의 운송대가 필요했을 거야. 하면 이곳을 반드시 지났을 터. 이곳에 당가와 연관된 인물이 없나?"

"있다. 이미 그곳으로 가고 있고. 나 역시 종종 애뇌산에 방문하면 들렀던 곳이지. 한데 그곳은 본가와 관계가 밀접한 운남인들로 가득해. 우리 뜻대로 안 움직이면 어쩌려고?"

"사천당가가 그렇게 한심한 곳인가?"

"뭐?"

"너는 얼마 전까지 소가주였다가 내게 붙잡혔고, 사천당가는 정파의 수치가 되기 직전이야. 외부에 언급해 봐야 명성만 떨어트릴 일을, 사천당가가 굳이 일일이 언급하면서 자세히 얘기하진 않겠지. 애초에 내가 이곳에 온 건 사천당가

입장에서는 대비하기 힘든 변수이기도 하고."

"잔머리 하나는 제대로 굴리는군. 마침 다 왔어."

이윽고 당청이 당도한 곳은 마을 내에서 제일 높아 보이는 전각을 가진 다루(多婁)였다.

악운은 '풍운지루'라 붙은 현판을 힐끗 올려다본 후 당청을 따라 다루 안으로 진입했다.

"소가주 아니십니까?"

안으로 들어선 당청은 기다렸다는 듯 쓰고 있던 방갓을 벗은 후에 다가온 점소이에게 말했다.

"루주를 찾는다."

얼마 지나지 않아 화려한 비단 장포를 입은 대머리 장한이 다가왔다.

"소가주가 아니십니까?"

"화 대인, 오랜만이오."

"그렇군요. 한데 이분은……."

"당가의 손님이오. 따로 방 하나를 내줬으면 하는데."

"예, 물론입니다."

특별히 루주의 안내로 바깥의 풍경이 보이는 귀빈실을 얻은 두 사람.

악운이 창을 닫아 바깥에서 들려오는 소음을 줄이는 동안 당청이 입을 열었다.

"루주에게 내 몇 가지 질문할 것이 있소."

"그러실 것 같았습니다. 불과 어젯밤에도 황 장로께서 꽤 많은 가솔들을 데리고 들르셨습니다. 사천에서 무슨 일이 있는 게지요?"

"질문은 내가 한다고 했소만."

"아, 예."

당청이 대놓고 불편한 심기를 드러내자, 루주는 눈치껏 눈을 내리깔았다.

"황 장로 말고 중요한 얼굴은 몇이나 더 있었소? 종종 봐 온 얼굴들 말이오."

"그게 무슨……?"

"중요한 일이오. 당가 내에서 그자들이 가주님에게 역심을 품고 있다는 정보가 있소. 내 그것을 조사 중에 있으니 감추지 말고 소상히 얘기해야 할 것이오."

당청은 무거워진 눈빛으로 루주를 압박하며 창가 옆에 서 있는 악운을 힐끗 쳐다봤다.

'……사천당가 앞마당에서 협박이라니.'

사실 지금 당청이 하고 있는 모든 행동의 배후에는 악운이 있었다.

악운은 사천당가가 현재 독인 운송을 위해 움직이고 있는 운송대 규모를 파악하고자, 오히려 사천당가의 운송대를 반역자로 본 것이다.

"그……게 사실입니까?"

악운의 예상대로 루주가 진땀을 흘리며 당혹스러워했다.

당청은 협박은 충분한 것으로 판단했는지 그를 안심시켰다.

"아직 확실한 것은 아니니 크게 심려치는 마시오."

이미 확실하게 악가의 편에 서기로 한 당청은 악운이 시킨 것 이상의 노력을 보였다.

이제 당청에게 중요한 건 가문이 아니라 본인의 생존이었다.

"괜히 저희에게 피해가 오는 것은 아닌지……."

"절대 아니오. 조만간 가주님께서 많은 가솔들을 보내 그들을 확실하게 옭아맬 테니 염려 마시오. 누가 또 있었소?"

"제가 아는 대로라면 황 장로님을 포함한 장로님 다섯 분이 더 계셨습니다. 봉 장로님 그리고……."

루주가 장로들을 언급할수록 당청의 눈빛이 날카롭게 빛났다.

"이끌고 오신 가솔들도 평범한 호병이나 잡역부로 보이지 않았습니다. 종종 봤던 서명 상단의 일원들도 아니었지요."

한참 동안 루주의 설명이 이어진 직후.

당청이 손사래를 치며 말했다.

"그만하면 됐소. 고맙소."

"예, 그럼……. 한데 소가주님."

"말씀하시오."

"정말 저희에게는 피해가 없는 것이겠지요?"

"이를 말이오? 안심하고 가시오."

"예."

눈치를 살핀 루주가 자리를 뜨고 방문이 닫혔다.

쿵.

하나 당청의 굳어진 표정은 더욱 딱딱해져 있었다.

"귀명회(歸明會)를 아나?"

"당가의 전대 가주를 모셨던 장로 집단이라지."

"잘 아는군. 지금 루주가 언급한 명부는 전부 귀명회에 속한 장로들이다. 그 말인즉슨 당가에서 독인 수송에 귀명회를 보냈단 뜻이지."

악운은 조용히 고개를 끄덕였다.

사실 당가에 대해 속속들이 안다고 하는 것이 이상하기에 적당히 아는 척만 했지만, 악운은 귀명회에 대해 누구보다 잘 알았다.

'귀명회라······.'

그들은 가주의 가장 최측근이며 최고의 무력 집단이다.

전대 가주와 현 가주를 잇는 조력자들이었으며, 과거 당양희가 가주의 눈에서 멀어지기 시작하자 당가의 수치라며 가둬 놔야 한다고 수군댔던 자들이었다.

그래야만 당양희의 배다른 동생 당평에게 잘 보일 수 있었기 때문이다.

그럼에도 당양희는 그들을 원망하지 않고 당당했다.

그저 천휘성에게 고마워했을 뿐이었다.

죽어 가는 삶에 홀로 남지 않게 추억을 쌓게 해 주어 고맙다며.

하지만 이제 그녀는 죽었다. 또한 천휘성처럼 그녀와 정파를 위해 당가를 방관할 필요가 없다.

"듣고 있나?"

당청의 목소리에 악운이 잠깐 머물렀던 상념을 깼다.

"그래. 계속해."

"특히 황 장로는 위험인물이야. 천하오절 중의 한 사람이라는 것쯤은 들어 봤을 거다. 탈수백인(奪手白印) 황원. 암기는 물론 삼양신장(三陽神掌)이란 독문무공을 사용해."

악운의 눈빛이 찰나간 번뜩였다.

'황원.'

천휘성의 삶에서 몇 번 마주했던 당가의 인사.

충직한 당가의 개였다.

시류를 잘 읽으며, 당가의 가주에게 도움이 되지 않는다 싶으면 그 무엇이든 외면하고 짓밟는 성정.

이런 방식으로 다시 마주하게 될 줄은 몰랐다.

당청은 계속해서 귀명회 장로의 독문무공과 병기에 대해 언급해 나갔다.

"……여기까지가 내가 아는 장로들의 정보야. 그 외에 더 알아야 할 부분은 당가의 합격진이야. 얼마 전에 우리와 충돌했던 네놈도 알겠지만 본가의 '구행개개섬멸진(構行鎧蓋殲滅陣)'은 강력해. 더욱 강한 무인이 진법에 참여할수록 위력은 훨씬 파괴적이 되지. 물론 명왕지독까지 머금은 네놈이라면 크게 문제 되진 않겠지만 말이다."

"루주가 수송대에 대해 언급한 것으로 보아 친위대 역시 이끌고 온 모양이던데."

"아마 귀명회에 속한 친위대일 거야. 귀명일로(歸明一路)라는 대대인데 귀명회 회주인 황원의 뜻에 따라 움직여. 여기에 독인까지 상대하려면 네놈 혼자서는 절대 불가능하단 뜻이야. 독인들을 깨우기 전에 상대해야 해."

"하나 묻지."

"뭔데?"

"당가는 제 가문에 대한 자부심이 넘치는 만큼, 상대에 대한 복수도 확실히 하지. 그만큼 오만하기도 하다 들었어."

악운이 천휘성의 기억을 통해 떠올린 젊었을 적의 당평은 독사 같으면서도 오만한 자였다.

아니 당가의 가주란 작자를 비롯해 가솔이란 자들이 대부분 그랬다.

이기적이고, 독선적이며, 오만했다.

지금도 그런 가풍이라면……

"놈들은 내가 독인을 노리고 올 거라 전혀 고려하지 않을 거야. 객관적 전력으로도 우세하다 생각할 테니."

"그래서?"

"그거면 된단 뜻이야."

악운이 더 이상 시간 끌지 않고 자리에서 일어났다.

"당분간 너는 여기 머물러. 애뇌산이 지척에 있으니 지금 부터는 나 홀로 추적한다. 추적은 어렵지 않을 거야. 네놈 말 대로 당가가 극강의 전력이라 스스로 판단하고 있다면 은밀히 움직이되 뒤따라올 추적 같은 건 신경 쓰지 않을 테니까."

"아직 내 말에 대답 안 했다. 네놈이 아무리 삼양대와 혈교 놈들을 궤멸시켰다고는 하나, 그때 이상의 전력과 한꺼번에 맞서야 해. 그게 가능하다고 보는 것이냐?"

"살고 싶으면……."

악운이 걸음을 멈춰 세우고, 당청을 돌아봤다.

"기도나 하고 있어."

악운은 그 길로 바깥으로 빠져나갔고 당청은 제자리에 털썩 주저앉았다.

"빌어먹을……."

악운의 말대로, 좋으나 싫으나 몸을 숨긴 채 악운이 이길 것을 기다리는 것 말고는 할 수 있는 게 없었다.

❧

해가 저물어 사위가 어둑해지는 시각.

악운은 애뇌산 부근으로 진입할수록 일정 무리가 지나간 자리가 늘어나는 걸 확인할 수 있었다.

추적의 핵심이 되는 추종술(追從術)은 과거 혈교를 상대하는 천휘성이 늘 해 오던 일이었다.

특히 살왕(殺王)의 추종술은 이런 일에 빛을 발휘했다.

–어둠 속에서 자취를 감추는 건 하수들이나 하는 일일세. 진짜 살수는 대낮 속에서도 그늘 속의 그림자가 될 줄 알아야 하는 법이지. 천산파의 절학을 바탕으로 만들어 낸 내 추종술은 자네에게 큰 도움이 될 걸세.

비환추종학(秘煥追從學).

그가 수많은 탐관오리와 그들을 호위하는 적들을 분쇄하며 이룩해 낸 추종술은, 천휘성이 접했던 최고의 공부 중 하나였다.

'눈으로 보고, 냄새로 느끼며, 귀로 쫓아라. 감각이 막히면 영혼의 흔적을 쫓아라. 모든 사물에는 흔적이 남는다.'

악운은 은밀히 이동하며, 루주로 들었던 정보들과 추적하며 확인하게 된 적의 규모를 비교했다.

한데 이상했다.

계속 추적하며 이동할수록 발자국이 점점 줄어들었고 수레의 흔적 역시 땅에서 사라졌다.

'규모가 줄고 있어. 어째서지?'

어둠이 깔린 우거진 숲속에서 기척을 감춘 악운은 날카롭게 눈을 빛냈다.

환영진과 같은 기문진의 흔적은 없었다.

중간중간 희미하게 남아 있던 사람의 체취 역시도 거의 느낄 수 없게끔 줄어들었다.

'여기가 끝이야.'

악운은 마지막으로 발자국이 끊긴 곳을 확인한 후에 눈살을 찌푸렸다.

발자국이 끊긴 곳들은 대부분 축축한 진흙으로 덮여 있었다.

지반을 자세히 살펴봤지만 별다른 건 없었다.

눈과 귀로 확인할 수 있는 모든 길이 막힌 것이다.

그럼 남은 방법은 하나.

'영혼의 흔적을 찾는다.'

지그시 눈을 반개한 악운은 천산파의 비술(祕術), 탐적기동(探迹氣動)을 행했다.

탐적기동은 무공을 익힌 이의 기가 머물렀던 자리를 눈앞에 희미하게 투영시키는 기공이었다.

지나간 이의 기가 완전히 옅어지기 전에 사용해야 효과를 발휘하기에, 제한 사항이 많은 추적공이었다.

그러나 지금과 같이 바짝 추적해 있는 상황이라면……

'보인다.'

악운의 눈앞에 희미하게 일렁이는 사람 형태의 아지랑이 수십 개가 이동하는 것이 보였다.

놀랍게도 그 아지랑이들은 각자 흩어져 네그루의 고목(古木)을 옆으로 밀고 있었다.

동시에 우거진 나무들의 지반이 양옆으로 갈라지며 수레가 들어갈 만큼의 틈이 생겨났다.

그 후 아지랑이들은 기관에 숨어든 흔적을 없애고 사라졌다.

'남아 있는 발자국과 수레의 진행 방향은 위장으로 두고, 진짜 통로로 향하는 흔적은 전부 숨긴 거야. 이런 방식으로 나 있는 통로가 중간중간 존재한다면 모든 의문이 풀려. 각 구간마다 가솔을 나눠 이동시킨 거겠지. 그리고 그 길은 서로 이어져 있을 테고.'

악운은 이쯤에서 발길을 돌렸다.

놈들이 어디로 들어갔는지 알았으니, 이제 남은 건…… 굴에서 나올 때까지 기다리는 것뿐이었다.

❧

스스슥.

뱀 한 마리가 미끄러지듯 우거진 나무를 지나 작은 땅굴을 통해 깊은 지하로 향했다.

얼마쯤 흘렀을까?

유독 투명한 눈을 지닌 뱀은 얼마 지나지 않아 주인의 품으로 돌아갔고, 그 주인은 손아귀를 감싸며 돌아온 뱀을 통해 뱀이 본 모든 것을 공유했다.

명사투관(冥蛇投觀)이라는 비술이었다.

그간 사천당가는 혈교를 통해 많은 것을 얻어 냈다.

혈교의 비술로 독인을 강화시키기도 했고, 혈교가 빼앗은 여러 문파의 비공을 건네받을 수도 있었다.

그중 유독 도움이 된 것은 혈교가 멸문시킨 모산파의 유산이었다.

뱀의 영혼을 다루기에 그들이 남긴 뛰어난 주술들은 최고의 조각이 되었던 것이다.

제아무리 화경의 고수라도 온갖 독충이 우글거리는 이곳에서 뱀을 의심하기는 힘들었다.

"과연…… 쫓아왔구나."

예리한 눈매의 황원이 나직이 중얼거렸다.

분명 산동악가는 당가보다 약하다.

본래라면 사천당가는 산동악가를 경시했을 것이다.

하지만 당가는 변수를 증오할 만큼 싫어했다.

그런 면에서 산동악가는 '사고' 같은 존재였다.

갑자기 나타나 재건에 성공하고, 산동성과 안휘, 강서로 뻗어 나가 마침내 혈교 지부까지 박살 냈다.

사고에 대비하는 건 당연했다.

"놈이 나타났네."

황원의 뱀이 소매 속으로 사라진 후 그가 곁에 모여 있는 귀명회의 장로들을 쳐다봤다.

덥수룩한 수염의 봉 장로가 말했다.

"회주, 내가 선봉을 서리다. 당장 놈을 습격합시다."

황원이 봉 장로를 자제시켰다.

"흥분할 것 없네. 어차피 놈은 홀로 온 것으로 보이고, 우리가 나오길 기다리고 있을 뿐 이 안으로 들어오고 있지는 않으니. 아마 기습을 노리려는 모양일세."

듣고 있던 신 장로가 눈살을 찌푸렸다.

"소가주가 애뇌산에 대해 불어 버린 모양이외다."

황원이 동의하듯 고개를 끄덕였다.

"분명 그럴 테지. 그것이 아니고서는 굳이 악가의 소가주 놈이 여기까지 찾아올 수 없었을 것이야."

이미 악운은 혈교의 지부를 박살 내는 데에 큰 공을 세운 이후 금정회에 유명했다.

반드시 주의를 기울여야 하는 경계 대상이 된 것이다.

봉 장로가 이를 으드득 갈았다.

"한때나마 소가주로 인정하려 했다는 것이 부끄러워지는 구려."

반면 황원은 그 어떤 장로들보다 차분히 상황을 통찰했다.

"되었네. 지금이라도 그 얕은 그릇이 드러나서 다행인 게지."

"이제 어쩌실 게요?"

"악운이란 놈이 천둥벌거숭이처럼 뛰어다니는 꼴을 언제까지고 지켜볼 수만은 없지 않겠나. 오늘 저 독인들을 일부 희생시켜서라도 놈의 목숨을 얻어 간다면……."

황원의 손이 새하얀 옥석처럼 투명해졌다.

"충분히 값어치 있는 일일 걸세. 우선 찾아온 기념으로 선물부터 주세."

얼굴의 미소와 달리 황원의 눈빛은 얼음장처럼 차가웠다.

구구구…….

땅이 작게 울렸다.

기척을 숨기고 있던 악운은 조용히 눈을 빛냈다.

'나오는군.'

예상대로였다.

지켜보고 있던 장소에서 우거진 나무들이 양옆으로 벌어지며 지반이 크게 벌어졌다.

타닥!

악운은 지체하지 않고 땅을 박찼다.

순식간에 수레를 끌고 있는 말(馬)들을 지나쳐 적들의 앞에 도달한 악운이 주작을 내뻗었다.

콰악!

창에 박힌 건 일반적인 사람이 아니었다.

복장은 귀명일로의 무사같이 입었으나, 짐승같이 두껍고 긴 손톱과 인간의 살이라고는 보기 힘든 고목나무 껍질 같은 피부까지…….

이건 틀림없이 독인이었다.

그 순간.

머리가 깨진 독인이 아닌 뒤쪽의 독인이 눈알을 굴리며 쉿 소리를 냈다.

"반갑구나, 악운. 네놈을 위한 선물이니라."

동시에 귀명일로로 위장한 열 구의 독인들이 일제히 몸 안의 독을 비산시키며 온몸이 터져 나갔다.

콰지짓! 쾅! 쾅!

독인을 구성하고 있는 극독의 피육이 잘게 조각나며 강한 소용돌이를 일으켰다.

퍼진 소용돌이는 순식간에 주변의 모든 것을 녹였고, 검은 독무(毒霧)까지 발생시켰다.

황원은 그 후에야 멀찍이서 모습을 드러냈다.

"쯧쯧, 오만한 놈."

지금 폭사한 독인들은 당가 내에서도 심혈을 기울여 제작해 놓은 '폭렬독인(爆裂毒人)'이었다.

일반적인 폭혈공과 같지만, 피 대신 극독과 날카로운 살가죽이 암기 대신 자리한 것이었다.

특히 저 독인들은 혈교에서 정제해 보관하고 있던 시체들을 넘겨받아 독인으로 제조했다.

뼈, 살가죽, 온몸에 남아 있는 선천진기가 극독과 결합하여 명왕지독에 버금가는 파괴력과 산성을 가진 것이다.

'명왕지독은 운이 좋아 미리 차단할 수 있었는지 몰라도…… 순간적인 파괴력만큼은 명왕지독에 버금갈 폭렬독인을 막기는 힘들 것이야.'

가려진 독무로 인해 악운의 상태가 제대로 보이진 않았지만 황원은 확신했다.

곁에 선 봉 장로가 씨익 웃었다.

"놈의 숨소리조차 들리지 않는 것을 보아하니, 저 상태로 온몸이 녹아 버린 것인 듯하오!"

그때였다.

저벅.

고요하던 독무 부근에서 다시 기척이 느껴졌다.

황원을 포함한 귀명회의 장로들 역시 일제히 눈을 부릅떴다.

신 장로가 황급히 황원을 쳐다봤다.

"회주, 방금 기척이……."

"서둘러서 구행개개섬멸진(構行鎧蓋殲滅陣)을 대비하게."

"알았소."

신 각주와 봉 장로를 주축으로 귀명회의 장로들이 일제히 진을 위해 위치를 재정비했다.

그사이 황원은 서서히 독무 안쪽에서 빠져나오는 악운을 보며 당혹스러움을 감출 수 없었다.

'저……건…….'

아지랑이 같은 검은 기류가 악운의 온몸을 감싸 안듯이 전신에 둘려 있던 것이다.

검은 기류는 악운의 손끝을 따라 천천히 그의 팔을 따라 사람 크기만 한 묵룡으로 형상화됐다.

그뿐이 아니었다.

묵룡이 걷히자 악운의 몸을 뒤덮은 있는 맑고 투명한 푸른 비늘이 드러났다.

'푸른 비늘?'

묵룡의 정체는 확실히 알 수 없었지만 푸른 비늘을 뒤덮은 존재에 대해 언젠가 스치듯이 들은 적이 있었다.

'수왕…….'

최근에 악가가 수왕의 후예와 손을 잡고 천룡채를 무너트렸다는 얘기는 강호에 유명했다.

그런데 그것도 모자라 산동악가 소가주가 수왕의 호신강

기를 펼친다?

황원은 할 말을 잃을 만큼 이 상황이 믿기지 않았다.

문득 당평과 공후의 이야기가 스쳐 지나갔다.

−소가주가 지닌 명왕지독을 그들이 어찌 막아 낼 수 있었는지에 대한 의문이 아직 풀리지 않았습니다.

그 이야기를 들었을 때 황원은 당평과 똑같이 생각했다.

당가의 명왕지독은 무적이다.

무적이 꺾일 리가 없다고 판단했다.

폭렬독인의 폭발 앞에서도 악운의 모습을 보고 황원은 다시금 그날 두 사람의 대화가 머릿속을 관통했다.

어쩌면 공후의 말이 옳았을지도 모른다.

"나를 감시하는 뱀도 모자라, 독인이 구사하는 폭혈공이라……. 준비를 많이 한 모양이야."

악운이 청염으로 일렁이는 눈동자를 들었다.

"악가가 명왕지독을 막은 것은 요행이거나 사전에 차단했으리라고만 판단했겠지. 역시 예나 지금이나 너희들은 여전히 오만해. 고맙다. 덕분에 나는 더욱 강해졌어."

그 말이 끝나기 무섭게 앞으로 뻗은 악운의 손바닥 안으로 사방에 퍼진 독무가 엄청난 속도로 스며들었다.

콰콰콰콰.

"돌려주지, 너희 당가의 방법대로."

은혜는 두 배, 원한은 열 배로.

악운의 곁에 똬리를 튼 묵룡이 몸을 부풀리며, 나갈 수 있는 모든 활로를 막고 있었다.

황원은 그 순간 깨달았다.

'우리가 놈을 지켜보고 있던 게 아니었다. 놈은 이미 명사투관을 파악하고 있었던 게야.'

조금씩 표정이 굳기 시작한 황원이 물었다.

"모든 것을 알면서 굳이 덫에 들어왔다는 것을 믿으란 것이냐?"

"잊었나?"

악운이 한 손에 이기어창을, 다른 한 손에 묵룡과 공명하며 말을 이었다.

"너희를 찾아온 건 처음부터 나였어."

사아아악!

묵룡과 주작이 허공을 가로질렀다.

❧

탁.

당청은 마시던 술잔을 내려놨다.

악운과 담소를 나눴던 다루에서 당청에게만 특별히 술과

안주를 내온 것이다.

'놈이 죽는 것은 아닐까?'

당청은 악운을 기다리는 동안 오만 가지 생각이 스쳤다.

그래, 분명 놈은 강하다.

명왕지독을 견뎌 냈고, 당가는 놈이 얼마나 독에 강한 내성을 지녔는지 조금도 파악하지 못했다.

애초에 혈교 지부와 삼양대를 박살 낼 거라고 누가 예상이나 했겠는가.

더구나.

각 장로가 자주 쓰는 독문무공, 독문병기부터 그간 모산파의 주술과 혈교의 비술에 관심이 많았다는 세부 정보까지 전달했다.

확실히 유리한 쪽은 악운이다.

덜덜.

'젠장……'

그럼에도 두려움은 쉽게 가시지 않았다.

가문의 독인 제조 연구는 만독화인과 더불어 오랜 세월 쌓여 온 과제다.

그만큼 당가의 모든 세월이 녹아든 역작.

그 강력한 위력에 만에 하나 놈이 죽어 버린다면 당가는 자신의 솜털까지 고통스럽게 녹아내리게 할 것이 분명했다.

'정말 그럴 일이 벌어지면 어쩌지?'

두려움이 고조된 찰나.

덜컹.

"으아악!"

갑자기 열린 문에 당청이 기겁하며 술잔을 쏟았다.

"무, 무엇이냐!"

"쯧, 겁먹기는……."

방에 들어선 악운은 혀를 찬 후 탁자에 놓여 있는 술병을 한 모금 들이켰다.

그제야 당청의 눈에 안도감이 실렸다.

"네놈…… 기어코 해낸 것이냐?"

악운은 피식 웃었다.

헛웃음이었다.

'이런 자가 소가주라……?'

한때는 당가의 가솔들을 부리는 자리였던 당청은 제 목숨을 살리고자, 가솔이 모두 죽길 바라는 마음이 되었다.

악운은 당청의 태도에 구역질이 치밀어 올랐지만, 거래는 거래였다.

"정확히 사백이십 구의 독인은 소멸됐어. 어마어마한 숫자더군."

"사백이십 구나 완성되어 있었단 말이냐!?"

"그래. 나도 놀랐어."

놈들이 모산파의 주술을 결합해 뱀 같은 매개를 통해 감시를 할 것이라고는 당청을 통해 들은 바 있었다.

하지만 폭렬독인은 예상 외였다.

단순히 이지를 상실한 독인을 운용할 뿐 아니라 중요한 인사를 살해하기 위한 일회성 병기까지 준비할 줄은 전혀 예상하지 못했던 것이다.

'내가 변하고 강해진 만큼, 사천당가 역시 강해졌어.'

인정할 수밖에 없었다.

놈들은 혈교와의 거래를 통해 다양한 문파의 비술, 비공 등을 받아들이고 있던 것이다.

그건 금정회에 속한 다른 문파 역시도 다를 바가 없으리라.

그러나 다행스러운 건 독인이 가문으로 향하기 전에 차단했다는 점이었다.

그들의 독인은 천독불침이어도 상대하기 힘든 독인들이 태반이었고, 화경의 고수여도 폭렬독인은 감당하기 힘든 수준의 병기였다.

'위력은 그 어떤 폭혈공보다 파괴적이었어.'

활독의 묵룡으로 독을 흡수하고, 수왕의 호신강기로 파괴력을 막아 내지 못했더라면 꼼짝 없이 당했으리라.

"황원은 어찌 됐지?"

다시 자리에 고쳐 앉은 당청이 물었다.

"황원을 비롯해 귀명회의 장로 스무 명은 전부 죽었어. 네가 언급한 귀명일로 역시도 마찬가지야. 더 이상 당가의 생존자는 애뇌산에 없어."

당청은 의자에 털썩 등을 기대며 몸을 잘게 떨었다.

"네놈은 진짜…… 위험하구나."

당청은 당가를 떠올리며 더 이상 두려움으로 몸이 떨리지 않았다.

오히려, 사천당가는 이제 두려워해야 하리라.

당청은 눈앞에 선 사내를 보며 처음으로 당가의 '끝'을 생각했다.

사사삭-!

깊은 밤, 제녕 부근.

일천에 가까운 인원이 빠르게 이동했다.

하남성에서 금향을 지난 그들은 제녕 부근에 이르자 타고 온 말을 주변에 숨겼다.

이윽고 괴명당(怪冥黨) 복 당주가 말했다.

"조금 있으면 제녕 초입이다. 말을 지킬 소수의 가솔만 두고 경공을 통해 은밀히 진입할 것이다."

가솔들이 빠르게 흩어지며 우거진 나무에 말고삐를 걸어 놓기 시작했다.

하지만, 후방 끝에 자리 잡은 공후는 이 상황이 썩 마음에 들지 않았다.

'좋지 않은 흐름이야. 무리다.'

공후는 하남성을 떠나기 전 당평과 나눴던 대화가 스쳐 지나갔다.

-가주님, 아직 황 장로로부터 어떤 연통도 오지 않았습니다. 본래라면 오늘은 인편이 당도했어야 합니다.

-하면 가솔을 물리자는 것인가?

-모든 것은 가주님의 뜻대로 하실 일이나…… 시기가 좋지 않습니다. 만약 황 장로가 운송하는 독인들에 문제가 생겼다면…… 그것이 어떤 식의 변수가 되어 돌아올지 미지수입니다.

-나 역시 변수를 싫어하나, 이미 말 머리를 돌리기엔 늦지 않았는가? 진군은 강행할 것이며, 오늘 밤 안에 황 장로의 연통이 없다면 현재 가문에서 보존하고 있는 소수의 폭렬독인만 운용할 것이다.

-예.

공후는 당청의 독선적인 성정과 고집을 알기에 충언을 꺾었지만, 당청의 말도 마냥 틀린 것만은 아니었다.

혈교와 연관성이 담긴 증좌를 산동악가가 얻어 낸 것이 확실하다면 사천당가는 반드시 산동악가를 무너트려야 했다.

이미 서로의 세력을 인정하고 공존하기에는 너무 멀리
왔다.

남은 건 그저…….

'이 혈란에서 이기기를 바랄 뿐이겠지.'

때마침 제녕의 동태를 살피기 위해 보냈던 암향각 가솔들
이 돌아오는 중이었다.

"자 자, 줄을 서시오. 한 분씩 진술을 듣겠소!"

"과일 행상처럼 보였는데, 요즘 마을 분위기를 물어보고
다녔습니다."

"저도 객잔에서 낯선 외지인들을 봤습니다."

소란스러운 장내에서 책상에 앉은 서기들은 빠르게 진술
받은 내용을 작성했다.

유준은 뒤에서 그 모습을 지켜보면서 혀를 내둘렀다.

"과연, 사마 각주이십니다."

"과찬이오. 뭘 이런 걸 가지고……. 하하!"

"말씀과 달리 너무 좋아하시는 거 아닙니까?"

사마수는 얼마 전 제녕에 당도한 호사량을 힐끗 쳐다봤다.

"크흠! 제자야, 소가주를 따라다니며 조금 유해진 줄 알았

더니 쓸데없이 날카롭구나."

"과찬이십니다."

"칭찬 아니다."

정다운(?) 대화를 나눈 두 사람.

유준이 어색하게 웃으며 말을 이었다.

"어쨌든 좋은 게 좋은 거 아니겠습니까? 사천당가의 척후조가 제녕에 은밀히 투입된 것을 확인했으니, 우린 그들이 지근거리에 당도했음을 알게 된 게지요. 게다가 제녕 백성들이 이렇게 열성적으로 우릴 도울 줄은 그쪽도 예상 못 했을 겁니다. 하하."

유준은 말을 하면서도 새삼 감탄했다.

그 스승의 그 자제라고, 이미 사마수의 역량이 뛰어난 것은 알았지만……

사마수는 두 수, 세 수 앞을 보는 호사량 이상의 지략가였다.

당가 측에서 척후조를 보낼 것을 예상하여 제녕 토착민들에게 외지인에 관련된 모든 일들을 모아 달라 청한 것이다.

"이제 당가에서는 우리가 백성들을 통해 일부러 드러내기로 한 선별적인 정보만 파악하고 움직이게 될 겁니다. 제녕에 있는 물자들을 동평으로 실어 나르는 중이라 병력이 분산되어 있다는 정보를 전달하고 있겠지요."

사마수가 수염을 쓸어내리며 다시 눈을 빛냈다.

"우리가 일부러 흘린 정보가 제대로 흘러들어 갔다면, 당가 측에서는 지금 즉시 진군해 올 것이오. 아마 오늘 새벽을 넘기지 않겠지."

호사량이 검집을 매달아 둔 검대(劍帶)를 더 단단하게 조이며 말했다.

"그럼 저도 슬슬 준비해야겠습니다."

"그리하거라. 그나저나 소가주에게는 별다른 소식이 없지?"

"예, 아직까지는 없습니다. 하나 크게 걱정하지는 않습니다."

"정말 괜찮을지 모르겠구나. 상대는 상상을 초월하는 독인일 수도 있다면서?"

"소가주가 모르고 갔다면 문제가 되겠지만, 소가주는 그 모든 부분을 고려하고 떠났습니다. 그 말은……."

듣고 있던 유준이 의미심장하게 웃었다.

"늘 그렇듯 충분히 해낼 수 있다는 자신이 있어서일 것이오."

"맞소."

호사량이 힘 있게 고개를 끄덕였다.

"……의심스럽습니다. 싸워 보지도 않고서 동평으로 물러난다니. 지금까지 저들의 행동 방식이나 현재 저들의 사기 등을 고려해 봤을 때 이대로 물러날 자들이 아닙니다."

공후는 척후조의 보고를 당평에게 전한 뒤에 말했다.

"어찌 생각하나?"

당평의 시선이 한자리에 모인 귀왕대의 당엽 대주에게로 향했다.

"진군해야 한다고 봅니다. 이대로 물러선다면 가솔들 역시 불만이 생길 것입니다. 우리는 당가입니다. 절호의 기회를 놓고 물러날 것이었다면 여기까지 오지도 않았습니다."

공후가 고개를 저었다.

"당 대주, 다음 수를 위해 잠시 물러나는 것은 결코 겁쟁이가 아니오. 이 보 전진을 위한 일 보 후퇴요."

"이미 후퇴할 만큼 했잖소."

"공 각주, 나는 그대가 아닌 당엽 대주에게 물었다."

당평의 꾸짖음에 공후는 어쩔 수 없이 고개를 숙였다.

그러자 위정대 대주 당비호가 말했다.

"저는 공 각주의 말에 일리가 있다고 봅니다. 산동악가는 소수의 별동대를 선봉에 세워 큰 가문과 세력을 무너트린 전적이 있습니다. 그런 자들이 싸워 보지도 않고 물러나는 것은 쉬이 이해가 가지 않지요. 신중할 필요는 있다 봅니다."

"흐음……."

고심하는 당평에게 나이가 많은 성청대의 배 대주가 입을 열었다.

"공 각주는 오랜 시간 가문을 지켜 왔습니다. 결코, 그 고
견을 폄하해서는 안 된다 봅니다. 하나…… 귀명회의 연락이
닿지 않고 있는 지금, 우리는 한시라도 빨리 제녕을 장악해
야 합니다. 사천을 오래 비워 둘 순 없지요."

세 명의 대주를 중심으로 네 명의 당주들 역시 한 명씩 의
견을 보탰다.

치열하게 입장이 나뉘는 사이 공 각주가 입을 열었다.

"정 물러날 수 없다면 이리하는 건 어떠십니까?"

"말하라."

공 각주가 비장한 눈빛으로 말했다.

"제녕을 통째로 무너트리시지요."

배 대주가 흰 눈썹을 꿈틀 거렸다.

"그게 무슨……! 제정신으로 하는 소리요? 우린 정파요!"

이미 마음을 굳게 먹은 공 각주의 눈빛에는 조금의 물러섬
도 없었다.

"현 상황에는 정파의 협의를 지키는 것 따위, 가문에 하등
도움이 되지 않소. 그럴 바엔 차라리 결단을 내리는 게 낫소."

당평은 구미가 동하는 듯 흥미로운 눈빛으로 말했다.

"자세히 말해 보라."

"산동악가는 협의로 일어난 가문입니다. 그들은 싸움 이
전에 협의를 위해 도심지에 피해를 주지 않으려 노력하겠지

요. 바람이 마침 도심지인 동풍으로 불고 있습니다. 초입에 역풍진(疫風陣)을 세우시지요. 그 후에 혼란을 틈타 진입하는 것입니다."

역풍진(疫風陣).

과거 혈교가 사천당가에 크게 대패했을 때 사용한 절진이었다.

주술 기문진을 통해 일정 공간의 파동을 일으켜서 바람으로 불길을 번지게 돕는다.

"이번에는 바람의 세기를 강화시켜 합성 독무(毒霧)로 제녕을 전부 뒤덮으시지요. 이번 토벌을 위해 가지고 온 모든 독을 사용한다면 제녕 일대의 절반을 덮고도 남을 것입니다."

상상도 못한 공후의 제안에 당가의 가솔들은 모두 꿀 먹은 벙어리가 됐다.

그간 비교적 방어적인 전략을 꾀하던 공후라고는 믿기지 않았던 것이다.

아니, 이건 과거 혈교에 버금가는 악한 선택이었다.

그럼에도 당평은 공후를 꾸짖기는커녕 도리어 강한 야욕을 드러냈다.

"막다른 길에 내몰릴 바엔 도리어, 적들이 예상할 수 없는 방안으로 공략하겠다는 것인가?"

"이미 우리 가문은 배수진을 친 것이 아닙니까. 그저 그에 따라 수립했을 뿐입니다."

"마음에 드는군. 그대로 행하지. 제녕이 설사 죽음의 땅이 되더라도 확실히 승기를 쥘 수 있다면…… 그편이 낫지 않겠는가!"

당평의 힘 있는 언사에 당가의 가솔들은 조용히 고개를 숙였다. 이미 가주인 당평이 제녕을 죽음의 땅으로 만들기로 한 이상, 그를 막을 방법은 없었다.

공적이 되든가, 승리하여 모든 진실을 묻든가…….

둘 중 하나였다.

❧

"……가주님."

호사량이 악정호를 찾았다.

악정호 주변에는 악가뇌혼대가 호위를 맡아 포진되어 있었다.

본래라면 언 대주가 맡아야 했지만, 악가진호대는 이번 전투에 중요한 거점을 맡아야 했다.

"배치는 끝났소?"

"예, 각 구역에 오명삼휘의 모든 대대와 당이 자리를 잡고 매복과 위장 중에 있습니다."

"비무장 가솔들과 제녕 주민들은?"

"엽보원과 수운상회의 협조 아래 사마 각주가 비무장 인사들로 인솔하여 선박에 탑승시키는 중입니다."

"수고했소."

"응당 해야 할 일입니다. 그보다 악가운정대에 속한 공녀의 활약이 뛰어나다 들었습니다. 궂은일을 가리지 않고, 제녕민들을 안심시키며 탑승을 빠르게 진행하는 데 큰 도움이 되고 있다 합니다. 그간 수운상회의 수적 잔당 소탕에서도 발군의 실력을 보였다지요?"

"부각주…… 못 보는 새에 아부도 떨 줄 알게 됐구려. 내 아들이 가르쳤나? 요 녀석이 그럴 놈이 아닌데."

호사량이 희미하게 미소 지었다.

"사실만 말씀드린 것입니다."

"고맙소. 자식 자랑을 들으니 긴장이 좀 풀리는구려."

"가주님께서는 오래 전부터 저희 가솔들이 믿고 따를 만한 분이셨습니다. 어느 순간에도 흔들리지 마십시오."

"알겠소. 자, 갑시다. 곧 그들이 당도할 것이오."

"예."

악정호가 고개를 숙인 호사량을 지나 이동하며, 손에 쥐고 있던 뇌공 탈로 얼굴을 덮으려던 찰나.

들고 있던 뇌공 탈이 갑자기 푸스스 부서지기 시작했다.

'이건……'

이상함을 느낀 악정호와 함께 호사량을 비롯해 그들을 따르던 가솔들 역시 눈을 부릅떴다.

호사량이 서둘러 소리쳤다.

"가주님, 바람입니다! 바람에…… 독이 실려 있습니다!"

"어찌 그럴 수가……."

악정호는 이해가 가지 않았다.

아직 사천당가는 당도하지도 않았다.

그것을 떠나서…….

모습조차 보이지 않은 채 독풍(毒風)을 드리우게 한다는 건 한 번도 들어 본 적이 없었다.

"간악한 자들 같으니……."

악정호는 분노했다.

콰득!

이들의 행태는 단순히 문파대전을 넘어선 행위였다.

그저 승리를 위해, 제압을 위해 제녕을 죽음의 도시로 만들겠다고 선포한 셈이다.

"부각주!"

"예."

호사량은 주변에서 느껴지는 강한 독기(毒氣)를 내공을 밀어내며 서둘러 악정호의 부름에 답했다.

"……사천당가는 더 이상 정파가 아니오. 아시겠소?"

호사량은 마주한 악정호의 눈을 통해 그의 눈이 어느 때보다 노기로 일렁이는 것을 느꼈다.

"명심하겠나이다."

그리고 그건 악정호가 일말의 자비조차 두지 않기로 결단
했다는 것을 의미한다는 것 역시 깨달았다.

"내 오늘, 너희를 멸가시키리라."

뇌공을 쥔 악정호가 나직이 뇌까렸다.

이독제독

안성표국.

곤명을 근거지로 발전하다가 애뇌산에 역참을 설치하며 운남성에서 열 손가락 안에 들게 된 중소 규모 표국이다.

평소라면 별다를 것 없는 조용한 하루.

하지만 오늘은 달랐다.

역참을 책임지고 있는 서 표두는 화 루주의 소개로 찾아와 눈앞에 앉아 있는 두 사람을 보며 식은땀을 흘렸다.

'최근에 오대 세가의 자리를 넘본다는 산동악가의 소가주와 사천당가의 소가주가 한자리에 있다니……. 이 오지 촌구석에 웬 날벼락이란 말인가.'

사천당가야 운남을 자주 찾는 손님이기는 했지만 산동악

가는 전혀 예상도 못 한 일이었다.

"화 대인은 이만 나가 보시오."

"예, 소가주."

평소 서 표두와 각별하게 친한 화 대인이 눈인사를 한 후 자리를 떠났다.

다시 찾아온 고요.

숨 막힐 듯한 정적에 서 표두가 애써 웃음을 지으며 말문을 열었다.

"무슨 일로 귀빈들께서 이 허름한 곳을 찾으신 것인지…….."

당청이 악운 대신 대표로 말했다.

"수송할 것이 좀 있소. 호병은 됐고, 쟁자수나 마차와 수레를 운전할 상수(商輪) 정도면 충분하오. 마차와 수레는 이미 있소."

악운은 운남에서의 사천당가가 가진 영향력을 충분히 인정하고 있었기에 자연히 대부분의 발언을 당청에게로 넘겼다.

어차피 어떻게 움직일지를 정하는 건 악운이었기에 발언의 주도권은 크게 상관없었다.

"도착지는 어디로 잡으면 되겠습니까?"

"산동성 제녕이오."

"하면 호병이 많이 필요할…….."

막 얘기를 잇던 서 표두는, 순간 악운과 악운 옆에 세워진 주작을 보고는 눈을 빛냈다.

'그러고 보니…….'

주작을 보며 새삼 악운의 명성을 되새긴 서 표두는 황급히 말을 바꿔 멈추었다.

산동악가의 명성이 드높아질 때마다 악운에 대한 소문도 함께 들었던 것이다.

'천하사패의 명성을 넘보는 것도 모자라 실제로 천하사패의 일인을 꺾어 버린 신성(新星)이라지.'

악운에 의해 천하는 산동이군, 천하오절, 천하사패 등의 구분이 무의미해지고 있었다.

산동이군과 천하사패의 구용이 악운의 손에 명을 달리한 결과만으로도 세간에서는 악운이 팔우(八宇) 아니 다음 천하제일인을 넘보고 있단 얘기가 돌고 있었다.

'그것을 알고도 누가 감히 덤비겠나. 설사 덤빈다고 한들 호병 따위 당연히 필요 없겠지.'

이어서 당평이 물었다.

"원하는 보수가 어떻게 되오?"

"보수는 표국의 규정에 따라 위험도로 분류됩니다. 여긴 그저 역참일 뿐, 위험도를 측정하고 의뢰를 받는 것은 어디까지나 곤명에 있는 국주께서……."

당청이 인상을 구겼다.

"내가 괜히 그대와 친분이 있는 화 루주를 통해 왔겠소?

곤명까지 연통을 주고받는 절차를 줄이고 빠르게 움직여 달라 하기 위해 온 것 아니겠소."

"그것이…… 얼마나 위험한지에 따라서……."

곤란해하는 서 표두에게 당청이 짜증스럽게 말을 이었다.

"기어코 내가 소란스럽게 해야 움직여 주겠소?"

"송구합니다."

황급히 고개 숙이는 서 표두에게 지켜보고 있던 악운이 말을 이었다.

"만약 의뢰를 받기 힘든 상황이라면 거절해도 상관없소. 다른 표국을 알아보겠소."

순간 서 표두는 무수히 많은 생각이 스쳐 갔다.

'이 촌구석에 이만한 표행 거리가 또 찾아올까?'

중심지인 곤명에서도 멀리 떨어진 애뇌산 부근의 역참.

이곳에 산동악가의 소가주가 표행을 직접 맡긴다는 건 평생 한 번 있을까 말까 한 일이었다.

'높은 보수는 당연하고 내 명성도 오르겠지.'

어차피 표국의 국주에게는 후일 사정을 설명하면 될 일이다.

더구나 마차나 호병도 따로 필요하지 않고 데리고 있는 쟁자수와 상수만 운용해도 된다는 건 직접 그 기회를 떠먹여 주는 셈이었다.

'잡아야 한다!'

서 표두가 자리에서 벌떡 일어났다.

"아, 아닙니다! 보수는 후일 정산할 터이니, 저희 표국을 이용하시지요!"

당청이 대답 대신 악운을 쳐다봤다.

악운은 동의하는 의미로 고개를 끄덕인 후 다시 자리에 앉았다.

"계약서를 가져오시오."

"옛! 잠시만 기다려 주십시오!"

서 표두는 계약서를 챙겨 오기 위해 황급히 귀빈실을 떴다.

쿵.

이윽고 문이 닫힌 직후.

당청이 이해가 안 간다는 표정으로 악운에게 물었다.

"귀명회와 독인이란 위험은 네가 제거했다고 해도 상대는 사천당가다. 네 가문에서 정말 버틸 수 있을 것 같으냐? 지금이라도 단신으로 움직여서 하루라도 빨리 네 가문에 도착하는 편이 낫지 않으냐?"

"승패는 그 전에 갈려. 우리 가문도, 너희 가문도 후퇴 따위 하지 않을 게 뻔하니까. 물러나는 순간 멸가라는 건 네놈이 더 잘 알 텐데?"

"……."

"그럴 바에는 네 가문이 연구하던 독인 더미와 너희들이 지하 근거지에 남긴 각종 기록, 암기, 독단, 독물, 독초들을 챙겨서 가문으로 돌아가는 편이 나아. 확실히 너희 가문은 운남 비처에 꽤나 많은 돈을 쓴 모양이더군. 건질 게 많았어."

"정말 그렇게 빠른 시일 내에 끝날 거라고 자신하느냐? 그것도 너희 가문의 승리로?"

"그래. 필사적인 싸움은 보통 오래가지 않아. 퇴각도 없겠지. 우리 가문은 모든 걸 쏟아부을 준비가 됐어."

"네가 귀명회와 독인이란 큰 피해를 줄 만한 변수들을 기습적인 움직임으로 차단한 건 분명 경이로운 일이지만 아직 본 가에는……."

"명왕지독을 얘기하려는 건가?"

"잘 아는군. 아무리 네가 명왕지독을 막아 냈다고는 하나, 너와 같은 자가 네 가문에 또 있을 거라는 생각은 안 드는데……."

"어차피 명왕지독은 너희에게도 양날의 칼이야. 쉽게 사용할 수 있을까?"

"그건……."

당청은 문득 명왕지독을 사용했을 때의 자신을 떠올리게 됐다.

그 역시 명왕지독을 다룰 수 없어 호수에 던져 버린 게 최선이었다.

'놈의 말대로다.'

명왕지독을 해독하는 환약 따윈 존재하지 않으니, 문파 대전에서의 사용은 한계가 있다.

"도심을 통째로 망가트리기 위해 독무에 명왕지독을 섞어 날린다면? 나도 한 일을 내 가문이 못 할까?"

"그럴 수도 있겠지. 그러나 그렇다고 이 일을 위해 가문 최고의 독을 포기하려 들까? 극소량밖에 남지 않았다면서? 후환을 대비해야 할 테니 기껏해 봐야 가주의 암기나 병기에 묻혀 놓은 게 전부일 거야. 게다가……."

악운의 눈에 이채가 흘렀다.

"너희는 여전히 오만해. 변수를 대비한다고는 해도, 가진 독으로도 충분히 본 가를 상대할 수 있다고 오판할 거다."

"……."

"하나 더."

"또 뭐가 있지?"

"혈교, 독인, 금정회…… 그간 당가는 물밑에서 많은 일들을 벌였더군."

"그게 이 일과 무슨 상관이 있다는 것이냐."

"너희 가문도 은밀히 가세(家勢)를 키워 왔는데, 우리 가문은 외부에 모든 것을 공개했을까?"

"그게 무슨……."

"조만간 결과가 나오면 알게 되겠지, 우리 가문이 쌓아 온 힘을. 그러니 조급해하지 말고 기다려. 네 가문은 분명 처참히 무너질 테니까."

악운의 확신에 당청의 눈빛이 세차게 떨렸다.

'이토록 자신만만할 만큼 산동악가의 대비가 철저하다고?'

사천당가의 독이 무적이란 말은 더 이상 모든 상황에 통용되는 것이 아니었다.

적어도 이번만큼은.

제녕의 도심지 초입부터 검은 독무(毒霧)가 안개처럼 사방을 가득 메웠다.

엄청난 속도로 번진 독무가 일다경도 채 되지 않아 도심의 삼분지 일을 장악한 것이다.

당가는 그것을 보고 나서야 제녕 도심지를 향해 전진했다.

당평의 지시는 간결하면서도 단호했다.

"중독된 자는 무장을 했든 안 했든 모조리 죽여라! 살려 둬 봐야 악가의 편에 설 뿐이니라!"

"당가전림(唐家戰林)!"

"사명천하(四明天下)!"

미리 면청환(免靑丸)을 복용한 사천당가의 가솔들은 의기양양했다.

스무 명씩 오십 개 조로 나뉜 사천당가의 가솔들은 엄청난 속도로 도심지를 돌파하여, 도심지 안쪽으로 빠르게 진입했다.

'슬슬 보이는군.'

중열에서 사방의 조(助)들을 조율하면서 전진한 당평은 얼마 지나지 않아 쓰러져 있는 시신들을 발견했다.

이미 이곳은 지옥도였다.

지붕부터 모든 거리와 점포에 쓰러져 있는 시신들이 보였다.

복장으로 추정컨대 악가의 가솔들과 피신하던 제녕민이 뒤섞여 있는 듯했다.

그 끔찍한 참상 앞에서도 당평은 새어 나오는 미소를 참을 수 없었다.

'승리가 눈앞에 있느니라.'

힘이 율법이 되는 세상.

명분을 잃은 뒷일은 문파 대전 이후 처리하면 될 일이다.

당평이 강렬한 일갈을 터트렸다.

"내 가솔들이여. 당가의 승리를 가져오너라! 이번 일로 온 천하는 당가를 두려워하리라!"

그 순간.

"커헉!"

치솟던 당가의 기세가 한 줄기 비명에 한풀 꺾였다.

"끄아악!"

그렇게 한 번 시작된 비명은 삽시간에 앞질러 가던 선봉대로 번져 갔다.

　당평의 곁에서 함께 달리던 공후가 눈을 번쩍 떴다.

　'설마, 살아 있었단 것인가?'

　놀랍게도 죽어 있는 줄 알았던 시신들이 갑자기 자리에서 벌떡 일어나 병기를 휘두른 것이다.

　그 움직임이 워낙 절묘하고 완벽한 합이어서 사천당가의 선봉을 맡고 있던 당엽 대주의 귀왕대를 빠르게 쓰러트렸다.

　'믿을 수 없다. 역풍진에 들어간 독은 이 일대의 건물들을 부식시키고 무너트릴 정도였어! 그만한 독기를 모든 가솔들이 견뎌 냈단 말인가? 모두가 절정 고수라도 되지 않는 한……!'

　냉철한 공후조차 쉽게 판단이 서지 않을 만큼, 악가의 반격은 순식간에 사천당가의 가솔들을 큰 충격에 몰아넣었다.

　혼란을 일으키며 습격한 사천당가가 되레 혼란에 휩싸인 것이다.

　공후가 황급히 당평을 향해 소리쳤다.

　"혼란은 전염됩니다. 서둘러 재정비하셔야 합니다, 가주님!"

　당평의 눈이 분노로 이글거렸다.

　"공 각주는 재정비에 집중하라. 내가 선봉에 직접 설 것이니라. 성청대와 배 대주는 나를 따르라!"

"명을 받듭니다!"

중열을 관통하여 선봉으로 이동한 당평.

동시에 당가의 선봉을 분쇄한 악정호가 노호성을 터트리며 사위를 압도했다.

"쉬지 말고 쏴라!"

기다렸다는 듯 지붕에 걸려 있던 시신들이 자리에서 일어나, 숨겨있던 화살을 꺼내 활시위를 당겼다.

앞장서 있던 금벽산의 화살이 적의 수장들에게로 향했다.

슈슈슈슈슈슉!

부식된 건물 위에서 쏟아진 화살비가 맹렬한 기세로 당가의 중열과 후미 위로 쇄도했다.

후두두두둑! 콰콰콱! 콱!

"커헉!"

"컥……."

"크흡!"

무공 실력이 높은 당가의 가솔들은 쏟아지는 화살 세례 속에서도 화살을 쳐 내며 버텨 냈지만, 그렇지 못한 가솔들이 훨씬 많았다.

사당(四堂) 중 당화일당(唐和一黨)과 당화이당이 추풍낙엽처럼 쓰러졌다.

이를 악다문 괴명당(怪冥黨)의 복 당주가 기지를 발휘했다.

"죽은 가솔의 시신을 방패로 사용하라! 폭우성화침(暴雨聖

花針)을 지붕 위로 펼쳐라!"

본격적인 난전이었다.

사아아…….

겨울바람을 맞으며 뱃전에 선 사마수는 뒷짐을 진 채 도심
이 있는 곳을 응시했다.

장설평이 다가와서 말했다.

"바람이 찹니다. 안으로 드시지요, 각주님."

"난 괜찮소. 그보다…… 시작된 모양이구려."

"예, 독무를 도심지에 퍼뜨릴 줄은 예상도 못 했건만…….
당가는 정파이기를 이미 포기한 듯합니다."

"혈교와 손을 잡은 마당에 무슨 지탄인들 두려웠겠소? 이
미 멈출 수 없었던 게지. 하지만……."

사마수의 눈이 그 어느 때보다 명료하게 빛났다.

"그들은 패배하게 될 거요."

소가주가 가문에 보낸 건 연단술식뿐만이 아니었으니까.

사마수

기가 실린 폭우성화침(暴雨聖花針)이 일제히 양쪽 지붕을 향

해 날아갔다.

회전하며 솟아오른 쇠구슬을 본 금벽산이 벼락처럼 화살을 겨눠 활시위를 당겼다.

구우웅!

해륭진공이 실린 비격탄금공이 펼쳐졌다.

쌔애액!

날아간 화살과 폭우성화침이 강하게 충돌한 순간.

콰지지짓! 쿠앙!

쇠구슬 안에 있던 작은 침들이 지붕까지 도달하지 못하고 사방팔방으로 터져 나갔다.

폭발에서 멀리 떨어져 있던 가솔 두 명이 지붕 끝자락에 벌집이 되어 추락했다.

'지붕에 도달하기도 전에 터트렸는데도 이 정도 사거리와 위력이라고?'

금벽산은 이를 악물며 한 사람의 이름을 불렀다.

"삼당주!"

기다렸다는 듯 노르와 악로삼당이 화살을 들었다.

"기다렸소! 그물을 쏴라!"

동시에 양쪽 지붕에서 일제히 평범한 각궁의 세 배는 큰 대형 각궁을 쏘아 올렸다.

낭익수직궁(狼翼垂直弓).

노르와 악로삼당은 화살의 무게가 있음에도 활시위에 활

을 넣고 당기는 과정이 무섭도록 재빨랐다.

쐐애애액!

수십 개의 촘촘한 그물망을 매단 화살들이 솟아오른 폭우성화침 위로 해일처럼 쏟아져 내렸다.

콰콰콰콰콰!

폭우성화침이 맹렬하게 회전하며 폭사했지만, 놀랍게도 수천, 수만 개의 달하는 강력한 소침(小針)은 허공을 가득 메운 그물망을 뚫고 나오지 못했다.

노르가 적이 들리도록 호탕하게 웃음을 터트렸다.

"으하하! 어떠냐, 이 애송이들아!"

당가와의 일전을 위해 사마수가 철명루로부터 의뢰해 특수 제작해온 철망(鐵網), 용린망(龍鱗網)의 등장이었다.

멀리서 상황을 파악한 호사량이 씨익 웃었다.

"한 건 하셨군."

악운은 당청과 싸우면서 얻은 정보를 사마수에게 모두 넘겼다.

그 후 사마수는 성 각주와 함께 보현각의 첩보 활동을 통해 얻은 정보까지 종합하여, 이 당가와의 일전을 진즉부터 준비했다.

그 시작이 성 각주와 소가주가 대비했던 '열화단'.

호사량의 머릿속에 성각주의 음성이 스쳤다.

─열화단(熱火丹)이다. 뭐가 들어갔는지는 들어 봐야 골치만 아플 테고, 얌전한 독이라고 생각하면 될 것이야.

─연단술을 통해 복용한 상태에서 몇 시진이 지나면 자연히 용해되어 체외로 붉은 땀이 되어 빠져나가지만, 몸 안에 각종 독이 스며들면…… 그 독을 잡아먹는 약으로 쓰이지.

─장담하건대, 소가주…… 아니, 운이 그놈 말이야. 이제 나보다 나은 연단술식을 구사할 만큼 경지가 높아진 게야. 나도 견문이 넓다 자부하지만 당가에 쓰이는 주요 독을 관통하는 연단술식은 처음 보거든. 훌훌, 마치 당가의 근간을 알고 있는 것 같지 않으냐?

'이독제독에 다양한 암기를 통제할 용린망까지……. 놈들도 당황할 만하겠지.'

호사량은 이번에도 악운에게 감탄했다.

악운은 전장에 없었지만 이미 무수히 많은 일들을 통해 전장을 승리로 이끌고 있었다.

하지만.

호사량이 무엇보다 뿌듯했던 건…….

─그들의 암기를 환경적으로 제한해야 합니다!

장소에 관한 전략을 먼저 낸 것이 호길이란 사실이었다.

'기특한지고.'

이곳은 길은 넓어 보이나 부서진 건물과 골목이 사방에 존재한다.

병력을 분산시키기 용이하고, 암기가 장애물에 걸려 온전히 위력을 발휘하기 힘들다.

호길의 선택은 옳았다.

호사량이 스승으로서의 흡족함을 느끼고 있던 찰나.

무너지던 당가 진형이 바뀌었다.

펑! 펑! 펑!

삽시간에 연무가 사방에 흩어지며 시야가 가려져 갔다.

놈들이 화살을 피하기 위해 진형을 바꾼 것이다.

하나 악가의 대비 역시 끝난 게 아니었다.

연무가 가득해졌으니, 이제 다음은 그들의 차례였다.

"악가혼평진을 유지한 채 길을 열어라!"

놈들의 혼란은 이제 극에 달하리라.

───── ❧ ─────

혼란에 휩싸인 괴명당을 지키며 앞으로 나선 건 귀왕대였다.

귀왕대를 이끄는 당엽은 서둘러, 구행개개섬멸진(構行鎧蓋殲滅陣)을 펼쳤다.

연무는 주변이 독무와 뒤섞여 악가 궁수들의 시야를 가렸고, 귀왕대는 그 틈에 선봉의 중심에 섰다.

'젠장!'

구행개개섬멸진의 강점은 독을 통해 적을 혼란케 하고, 바닥에 덫과 암기를 뒤덮는 거였다.

하지만 역풍진을 통한 전략이 막힌 지금.

저들에게 어떤 독을 사용해야 할지 가늠조차 서지 않았다.

"궁수를 견제했으니 놈들의 전진을 막아라!"

그 순간.

구구구구!

땅이 울렸다.

'기마? 매복인가?'

땅울림만으로 상대의 기마 전략이라고 판단한 당엽은 귀왕대를 이끌어 빠르게 암기 더미를 모든 진로에 깔았다.

그런데.

그의 상상을 뛰어넘는 일이 벌어졌다.

"물소다!"

한 가솔의 처절한 외침과 동시에 당가 가솔들 주변에서 엄청난 폭음과 굉음이 동시에 들렸다.

쾅! 퍼퍼퍼펑! 콰쾅! 쾅! 쾅!

사방에 퍼진 연무를 뚫고, 돌진한 어마어마한 숫자의 물소 떼가 모든 골목에서 튀어나와 구행개개섬멸진을 짓밟고 몰려든 것이다.

쿠당탕탕! 쾅!

암기에 휩쓸려 땅에 고꾸라진 물소들이 달려오던 속도 그대로 선봉에 선 당가 가솔들에게 날아왔다.

강한 무공으로 날아온 소를 통째로 베어 버린 가솔들은 괜찮았지만, 무공이 얕은 가솔들은 소에 부딪쳐 휩쓸렸다.

고꾸라지며 날아든 수백 마리의 물소들은 지상의 유성과도 같았다.

적련비서장(赤連飛瑞掌)!

콰아악! 콰쾅!

날아온 물소를 통째로 꿰뚫어 집어던진 당엽이 인상을 와락 구기며 주변을 둘러봤다.

'설마 이놈들…… 우리가 구행개개섬멸진을 펼치기 위해 연무탄을 쓰도록 유도한 것이냐!'

아무리 생각해도, 잘 짜인 판이었다.

독에 당한 것처럼 유도해 적들을 원하는 장소로 끌어들이고는, 순서에 따라 적재적소에 비책을 사용하고 있었던 것이다.

이미 그의 이성은 물러나라고 소리치고 있었다.

그러나 이대로 물러날 수 없었다.

이대로 물러나면 '끝'이었다.

가주가 퇴각 명령을 내리지 않는 것도 그런 이유일 것이다.

"물러나지 마라! 다시 대열을 정비하고, 놈들의 다음 공격을 대비⋯⋯."

그때였다.

마음을 추스르며 황급히 전열을 정비하려던 그의 앞으로 또 다시 땅이 울렸다.

구구구구.

동시에 연무를 가르는 쩌렁쩌렁한 노호성이 울려 퍼졌다.

"악가진호대와 악로일당, 악로이당은 좌익과 우익에서 적들을 궤멸하라! 선봉은 나 언성운이 설 것이니라!"

뿌연 연무를 뚫고 나온 건 물소 떼가 아니라 혼란에 휩싸인 당가의 진형을 가로지르는 기마 떼였다.

물소가 튀어나온 골목에서 대기하고 있던 기마들이 일제히 전형을 휘저으며 돌진해 온 것이다.

"언 대주님을 따르라!"

알하의 도와 어울의 창이 강한 도기와 창기를 일으키며 언성운의 좌우에서 당가 가솔들을 휩쓸었다.

"하아아압!"

그 한가운데에서 언월도를 쥔 언성운이 눈 깜짝할 새 귀왕대의 장법을 튕겨 내며, 굵은 장창을 휘둘렀다.

쩌적!

귀왕대 가솔의 몸이 반으로 쩌적 갈라지며 언성운의 말이 그 위를 지나갔다.

진주삼절권(晉州三節拳)의 복원에 이른 언성운은 그동안 한 걸음 더 나아간 무공의 성장을 이룩했다.

진주삼절권의 패력 위에 악가의 초식을 더한…….

언가철령창(彦家鐵嶺槍).

언가의 우직한 패력은 이제 꺾지 못할 산이 되어 악가에 힘을 보탰다.

그 찰나.

활 세례가 사라진 지붕 위에서 수백이 넘는 그림자들이 일제히 뛰어내리며 당평과 성청대 앞을 가로막았다.

그 선봉에 모습을 드러낸 건 '뇌공'.

악정호가 강렬한 일갈을 터트렸다.

"산협단과 동호단, 정룡단은 당가 놈들이 한 놈도 빠짐없이 빠져갈 수 없게 악가혼평진을 펼쳐 압박하라! 엽보원의 성신당, 와호당, 보총당은 야율초재 당주의 지휘에 따라 각 단(團)을 보조하라!"

"가주님의 뜻을 따르라!"

악가의 단주들과 당주들은 악정호의 지시에 따라 일사불란하게 흩어지며, 사천당가 선봉과 중열의 연결을 끊어 놓았다.

가주인 당평과 성청대의 진로를 완벽히 봉쇄한 것이다.

"으아악!"

"커헉!"

악정호가 땅을 박차자, 그의 곁으로 백훈과 양경이 따라붙었다.

"악가뇌혼대는 수운상회와 함께 당가의 성청대와 그 수장을 맡으시오."

"명을 받듭니다!"

"좋습니다!"

백훈과 호몽이 날듯이 이동하자, 악정호가 함께 달리고 있는 양경을 힐끗 쳐다봤다.

"양 대인께서는……."

"당가의 가주 놈은 양보하지. 단, 그 외에 쓸 만한 놈은 다 내가 맡을 것이야. 당가 가주 놈이 제일 쓸 만해 보이지만 말이야."

악정호가 뭐라 할 새도 없이 양경이 더 빠른 속도로 땅을 박찼다.

동시에 당평이 악정호를 발견하고는 달려가는 악정호의 앞으로 쇄도했다.

"네놈의 목은 이 몸이 가져가마!"

"내가 할 소리!"

동시에 악정호의 뇌공이 당평의 철편(鐵鞭)과 부딪쳤다.

❦

서서히 걷혀 가는 연무(煙霧)는 점점 더 전장의 상황을 뚜

렷하게 보이게 했다.

'정비할 수가 없어. 완벽히 당했다.'

공후는 제자리에 우뚝 서서 입술을 꾹 닫고 있었다.

그 와중에 위정대의 대주 당비호가 지친 기색으로 몰려왔다.

"공 각주! 정필당의 지원이 필요하외다! 이미 선봉은 고립됐고, 가주님이 선두에 계신 중열 역시도 놈들의 기습에 고립되기 직전이오!"

이제 믿을 건 암향각을 비롯해 후방을 맡고 있는 사당의 마지막 정필당(正必黨)밖에 없었다.

그러나.

부우우웅!

뿔피리 소리와 함께 낯선 그림자들이 후방을 향해 빠른 속도로 진군해 오는 것이 눈에 들어왔다.

공후의 눈이 번쩍 뜨였다.

"설마…… 이게 끝이 아니었단 말인가!"

공후는 이제까지 습격받은 상황들이 주마등처럼 빠르게 스쳐 지나갔다.

'놈들은 시체로 가장해 우릴 기다리고 있었고, 당가의 전술을 모두 이해하고 있었어. 우리에게 가장 큰 병기인 독과 암기들을 철저히 통제하고 원하는 전장에서 대인전을 유도했다. 그럼 남은 건…….'

툭.

공후의 이마에서 진땀이 흘러내렸다.

"후방뿐."

와드득!

나직한 중얼거림과 함께 곁에 선 당비호가 소리 나게 이를 갈았다.

"젠장! 후방까지 매복하고 있었단 말인가!"

당비호의 말대로 후방을 장악하며 쇄도하는 악가의 선봉에는 악가가 자랑하는 정예 대대가 있었다.

백홍휴가 검을 고쳐 쥐며 일갈을 터트렸다.

"악가휘명대여! 한 놈도 남기지 말고 휩쓸어라! 우리의 땅, 우리의 악가를 파괴하려는 자들이다. 일말의 자비도 두지 마라!"

"악가상천대여! 악가휘명대를 지원하라! 나, 유예린이 그대들과 함께 싸울 것이다!"

등랑회와 하오문 문도들을 전신(前身)으로 두고 창설된 두 정예 대대는, 이제 수많은 전투 경험과 성장 지원을 통해 그 어떤 가문의 정예 대대보다 강한 고수들로 구성됐다.

수많은 시련을 통해 그 어떤 대대보다 대인전에 능하게 된 그들에게 있어, 독과 암기라는 주요 병기를 잃은 사천당가의 가솔들은 그저 먹잇감에 불과했다.

무섭게 짓쳐드는 악가를 보며 공후는 주먹을 움켜쥐었다.

'이대로 끝날 수는 없다. 하지만 공멸(共滅)할 수 있는 상황도 아니야. 모든 활로가 막혔다. 그럼 남은 건⋯⋯.'

공후가 황급히 당비호를 쳐다봤다.

"당 대주, 후방을 부탁하오. 전부 막지는 못하더라도 놈들이 중열까지 오지 못하도록 진군을 늦춰야 하오."

"뾰족한 수라도 있는 것이오?"

"가주님만 살아 계신다면 당가는 다시 일어날 수 있소."

공후의 비장한 음성에 당비호의 눈이 세차게 흔들렸다.

지금, 공후의 말은 당가의 '패배'를 인정한 것이니까.

당평은 도무지 이 상황을 믿을 수가 없었다.

그의 부친이 오랜 세월 혈교의 겁난 속에서도 버텨 온 사천당가였다.

그 고통을 이겨 내고 정파의 정기를 지키기 위해 혈교와 손까지 잡으며 평화를 유지했다.

그런데.

'네놈들이 그 모든 노력을 허사로 만들겠다고?'

절대 그럴 수는 없었다.

츠츠츠츳!

당평의 독문병기, 만룡신편(卍龍神鞭)이 악정호의 전신을 가득 메웠다.

콰짓! 콰짓!

악정호는 뇌공에 강기를 덧입혀 구렁이처럼 몸을 감싸려는 만룡신편을 연달아 쳐 냈다.

하지만.

그럴 때마다 뇌공에서 불길에 닿은 듯 희미한 연기가 피어올랐다.

'운철(隕鐵)로 만들어진 뇌공이 달아오르고 있다!'

달아오른다는 건 다른 의미로 뇌공이 손상을 입고 있다는 뜻이다.

그럼 이유는 단 하나.

'놈의 채찍에 묻어 있는 독이 뇌공을 해하고 있다.'

악정호는 본능적으로 당평의 채찍에 묻어 있는 독에 신체가 닿으면 안 된다는 직감이 스쳤다.

어쩌면 이것이, 악운이 호사량을 통하여 전한 독.

-명왕지독이라고 합니다. 당가의 근간이지요. 그들이 그것을 사용할 것도 염두에 두어야 합니다. 저 역시 위기에 봉착할 뻔했습니다.

악정호의 눈빛에 노기가 실리며, 뇌공에 실린 강기가 더욱 강렬히 휘몰아쳤다.

'내 아들을 죽일 뻔한 독이라!'

대의를 떠나서 원한은 충분했다.

콰지지짓!

악정호가 내뻗은 뇌공은 하단을 휩쓸고 오는 만룡신편을 강하게 걷어 낸 후, 곧장 바닥을 향해 내리찍었다.

수십 만근의 힘이 담긴 신력이었다.

콰아악! 쿠우웅!

그 찰나.

당평이 눈을 번쩍 뜨며 황급히 채찍을 선회했다.

'놈이 흥분했구나! 어리석은 것!'

당가의 진짜 무기는 하늘이 내려 준 천성이다.

사면초가의 상황에서도 냉철한 이성을 유지하고 판단한다.

만룡신편이 뇌공을 비껴 내며 구렁이처럼 타고 올라갔다.

콰지지짓!

뇌공의 창신과 채찍의 칼날이 충돌하며 불꽃이 튀었다.

금룡회보(金龍廻步).

당평은 멈추지 않고 전진했다.

금룡편법(金龍鞭法), 금룡전명(錦綾電鳴).

만룡신편이 엄청난 속도로 창신을 감싸면서 회전했다.

이대로 병기를 놓지 않는다면 창을 쥔 악정호의 손이 잘려 나갈 게 분명했다.

그 순간.

철컥!

악정호가 뇌공을 분리하며, 반대편 손으로 단창이 된 뇌공을 고쳐 쥐었다.

당청의 눈빛이 묘한 빛을 발했다.

"이미 알고 있었느니라!"

상대의 장단점을 파악하는 건 당연한 일.

당평은 악정호가 뇌공을 분리하여 단창화시키기를 기다렸던 것이다.

악정호가 눈을 부릅떴다.

'알고 있었다?'

동시에 당평의 채찍 위로 수백 개의 가시가 일고, 펄럭이는 장포 안에서 감춰졌던 은갑(銀鉀)이 드러났다.

그것을 마주한 순간, 악정호는 오래 전 부친으로부터 스치듯 들었던 이야기가 생생하게 떠올랐다.

  ─사천당가는 암기와 독으로 유명하다고 들었습니다! 비겁해요!

  ─아니다. 제갈세가 못지않은 지혜가 있는 집안이 사천당가이니, 결코 그들을 경시해서는 아니된다. 특히 그들의 가주가 펼치는 만천화우란 암기공은……

마주한 당평의 눈동자가 새파란 기류로 물들었다.

만류귀독신공(萬流鬼毒神功)의 발현이었다.

"쏟아지는 지옥에 절명하거라."

만천화우(滿天花雨).

구천구망(九天九亡).

당평의 전신에서 피어오른 강한 독기(毒氣)가 은갑과 채찍을 타고 일만에 가까운 암기들을 일제히 폭출(爆出)시켰다. 당평의 채찍과 은갑은 그 자체로 암기의 함(函)이었던 것이다.

"끝이니라!"

악정호는 더 이상 지척에서 펼친 만천화우를 받아 낼 방도가 없다.

단창이 된 뇌공의 한 자루는 만룡신편에 의해 봉쇄됐으며, 거리는 지척이라 할 만큼 가깝다.

내공의 우열도 이쪽이 강했다.

평생의 내공과 독기(毒氣)가 담긴 만천화우를 받아 낼 수는 없으리라.

명왕지독이 발린 병기를 경계하느라 악정호는 제일 중요한 것을 잊은 것이다.

당가 가주가 펼칠 비장의 한 수, 만천화우를!

순식간에 암기에 의해 거멓게 덮여 버리는 악정호를 보며, 당평의 광소가 터져 나왔다.

"으하하하!"

악가는 오늘, 가주를 잃을 것이다.

사아아악!

방 안에서 운기하고 있던 악운이 눈을 번쩍 떴다.

'지금쯤 전투에 돌입했겠지.'

시기상 사천당가는 이미 제녕에 도착했을 것이다.

'내일이면 출발할 수 있겠군.'

악운도 여기서 오래 머물 생각은 없었지만, 서 표두는 인력을 모으는 데 반나절 정도가 걸릴 거라며 기다려 달라고 청했다.

그로 인해 하루 정도 이곳에 머무르게 된 것이다.

'별 탈 없기를…….'

아버님과 가솔들을 믿기에 승리할 것이란 건 믿어 의심치 않는다.

하나 당가는 강하다.

철저하게 많은 대비를 했지만 가솔의 피해는 분명히 적지 않을 것이다.

그래도 이미 맹의 재건을 위해 어쩔 수 없이 시작된 걸음이다.

사력을 다해야 한다.

악운은 오히려 차라리 잘됐다는 생각도 했다.

당가는 그 어떤 가문이나 문파보다 가장 지독하고, 위험한 자들이었다.

그런 면에서는 최선의 선택.

'독인을 미리 제거하고, 비동(秘洞) 안에 숨겨져 있던 명왕지독까지 손에 넣었으니까.'

악운은 그들이 보관한 명왕지독을 모조리 묵룡에 흡수시켰다.

그뿐만이 아니었다.

당청이 언급했던 독지(毒地)와 독수(毒水)에는 놀랍게도 만금을 주고도 구할 수 없다는 인면오공과 독각화망의 사체들을 삭히고 있었다.

당가는 지금껏 두 영물의 내단을 활용해 독지와 독수를 발전시켜 온 것이다.

당연히 그 모든 독기(毒氣), 즉 사천당가가 오랜 시간 이룩한 역사들을 한 점 남지 않게 전부 흡수했다.

여기에 예상 못 한 보물이 하나가 더 있었다.

'여덟 송이 연화(蓮花)가 새겨진 모야루의 유작을 이곳에서 발견할 줄이야.'

이번에 발견한 것은 원숭이 형태의 동물 동상.

그리고 그 동상 안에는 당연히 모야루의 유작이 먼지에 쌓인 채 보관되어 있었다.

"열 개의 정(釘)이라……."

정(釘)에는 '계홍정(鷄紅釘)'이란 이름이 새겨져 있었는데, 하나하나가 그 어떤 암기보다 유려하고 날카로웠다.

오랜 세월이 지났음에도 정의 날이 흑룡아에 버금갔던 것이다.

심지어 내공을 주입하면 정은 희미한 윤곽만 보일 정도로 투명해졌다.

엄청난 병기였다.

악운은 이 병기를 앞으로 묵룡과 함께 사용하기로 결정하고, 가죽띠에 채워 뒀다.

내친 김에 악운은 손바닥을 타고 흐르는 검은 기류, 묵룡을 일으켰다.

'훨씬 강력해졌어. 화경의 고수들은 물론 과거의 천휘성 역시 쉬이 버텨 내지 못할 거야.'

독기 안에 담긴 영물의 영기들은 자연히 혼세양천공에 흡수됐고, 묵룡의 독기도 전보다 수십 배는 농축됐다.

본래도 강력했던 묵룡은 이제 악운이 원하면 모든 파멸을 부를 수 있었던 것이다.

그래서일까?

악운은 묵룡과의 공명을 비롯해 이기어창의 수련이 익숙해지며 영혼이 한층 성장했음을 느꼈다.

더불어 궁극에 이른 신체는 한 단계 더 해금할 '때'가 왔다고 직감적으로 느끼게 했다.

그토록 고대해왔던 천휘성의 경지.

아니, 천휘성과는 다른 길을 통해 '현경'을 바라볼 수 있게 된 것이다.

'팔방의 마지막 조각, 간(艮)과 곤(坤).'

그것의 길을 열려면 태양진경의 완성을 위한 마지막으로 나아가야 한다.

태양진경의 중심.

'혈(穴)'을 의미하는 신공을.

'아버지에게 창안하여 보낸 기공에도 그 묘리를 보탤 수 있을 만큼 공부는 충분해. 갈고닦기만 하면 된다.'

이제 이를 통해 비로소 현경의 문이 열리리라.

머지않았다.

"쿨럭……."

악정호는 폐허가 된 주변을 보며 피를 토해 냈다.

입고 있던 장포와 무복 역시 이미 형체를 알아보기 힘들게 너덜너덜해졌다.

하지만 중요한 건…….

악정호가 건재해 있다는 사실이었다.

'모두의 공이야.'

악정호는 엉망이 된 울루갑을 내려다봤다.

푸스스.

동시에 부서진 울루갑 사이로 촘촘한 거미줄 같은 철망(鐵網)이 철렁였다.

울루갑 내측에 용린망과 같은 구조의 철망을 덧댔던 것이다.

이 역시 태은희의 손길이 닿은, 명장의 품격이 느껴지는 작품이었다.

"고작 그따위 갑옷이…… 본가의 만천화우를 받아 냈다는 것이냐?"

마주한 당평이 이글거리는 눈으로 노성을 터트렸다.

악정호가 입에 묻은 피를 닦아 내며 대답했다.

"그 팔이나 어찌하지 그래?"

악정호의 말대로 당평의 왼팔은 잘려 나가 있었다.

악정호가 만천화우를 이겨 낼 줄 모르고 방심했다가 뇌공에 당한 것이다.

"대답하거라. 대체 무슨 수를 쓴 것이냐!"

"가문이 뭐라 생각하느냐."

"쓸데없는 소리는 집어치워라!"

"네놈에게 가문은 그저 너를 위해 움직이는 수족같이 당연한 것이겠지. 내겐 아니다, 그래서 우린 당연하지 않기에 노력하고, 대응한다."

악정호의 머릿속에 만천화우를 막기 위해 중지를 모았던 가솔들의 얼굴이 스쳐 지나갔다.

태은희, 악운, 사마수, 호사량…….

악운은 당평의 간계를 예견이라도 한 듯 호사량을 통해 대비책을 전달했고, 사마수는 이를 기반으로 태은희와 실무를 협력했다.

악정호는 문득 악운이 곁에 있는 것 같은 착각이 일었다.

－아버지, 그의 오만은 아주 중요한 순간 기회를 만들 겁니다. 그에게 기회를 만들어 주세요. 만천화우를 펼치는 순간을 말입니다.

갑옷을 통해 암기의 파괴력을 줄이고, 호신강기를 일으키세요. 제가 창안한 가문의 비공(秘功)이 도움이 될 겁니다.

다시 뵐 날을 고대하겠습니다.

'아들…… 고맙다.'

당평의 말대로 만천화우는 정말 강력했다.

하지만 악정호는 선택과 집중을 했다.

울루갑이 자리 잡은 부위는 과감히 내버려 두고, 닿지 않는 중요 부위는 분리된 뇌공으로 막아 냈다.

그럼에도 막아 내기 힘든 곳은……

"악가초근기(岳家初根氣). 그대의 만천화우를 막은 것은 우리 가문의 시작이자 근간이다."

악정호는 어째서인지 악운이 창안했다는 비공을 익히며 악진명과 죽은 형제 사촌들이 모두 떠올랐다.

과거 그들은 악가의 뿌리이자 긍지였다.

그들의 죽음으로 인해 악가의 뿌리는 묻혔다.

하지만 다시 악운이란 햇볕이 들고 묻혀 있던 뿌리가 싹을 내고 자라나, 재건이라는 거센 불길의 시작이 되었다.

악운이 보낸 구결에는 악가가 보였다.

타인을 해하기 위한 무공이 아닌, 우리를 지키기 위한 무공이었다.

오랜 세월 역경을 지나온 악가의 근간이 '악가초근기'의 구결에 접목되어 있었던 것이다.

"악가……초근기라. 으하하하!"

당평은 웃는 것인지 우는 것인지 모를 복잡한 감정이 담긴 웃음을 터트렸다.

이미 사방에서는 당가의 가솔들이 비명을 지르며 쓰러지고 있었다.

보지 않으려 했고, 인정할 수 없었지만 결과는 분명했다.

사천당가가 스러지고 있었다.

"나, 당평…… 네놈의 목숨은 반드시 가져가야겠다."

"오냐, 나 역시 마찬가지이니라. 끝내자."

악정호는 당평에 맞서 걸음을 옮겼다.

강력한 호신강기를 일으키느라 이미 온몸이 욱신거리고, 내상까지 입었지만 물러설 수 없었다.

그것이 악정호가 부친으로부터 물려받은 가주로서의 긍지였다.

그 순간.

멀지 않은 곳에서 굉음이 일어났다.

쿠아아아앙!

그 굉음은 점점 가까워졌고, 적아를 가리지 않은 비명이 울려 퍼졌다.

엄청난 양의 풍압이 휩쓸려오고, 당평과 악정호의 모습이 먼지바람 안에 휩싸여 희미해졌다.

그 순간.

당평이 뭔가 짐작한 듯 악정호를 마주 보며 서늘하게 웃었다.

"나의 폭렬독인(爆裂毒人)이 왔구나. 악정호, 네놈의 목숨을 가져가겠다는 약조만큼은 반드시 지켜 주마."

동시에 뇌공을 움켜쥔 악정호의 앞으로 공후와 열 구의 폭렬독인이 나타났다.

끝까지 싸우겠다는 당가의 천명이자 의지였다.

"가주님!"

"공후!"

"어서 놈의 목숨을 해하라!"

"가셔야 합니다."

"닥쳐라! 내가 어딜 간단 말이냐!"

"아직 가주님은 힘이 남아 있으시니 폭렬독인을 이용한다면 포위망을 뚫고 이곳을 벗어날 가능성이 있습니다! 어서 가십시오! 악가 가주의 발목은 소신이 붙잡고 있겠나이다!"

공후가 당평의 명을 무시하고 제령주를 흔들었다.

짤랑! 짤랑!

악정호를 둘러싼 폭렬독인 중 세 구가 악정호를 향해 튀어나갔다.

키이익!

기괴한 소리를 낸 폭렬독인의 몸이 기괴하게 부풀다가 사지가 터져 나갔다.

쿠아아앙!

굉음과 함께 악정호가 서 있던 자리에 엄청난 풍압이 휘돌며 먼지바람이 피어올랐다.

"지금입니다. 어서 가십시오!"

당평은 마주한 공후를 노려봤다.

"나는 계속 그대의 의견을 경시했다. 이번이라고 다를 것 같은가?"

"그럼에도 몸을 숙여 목숨을 보존한 것은 영화를 누리기 위함이 아니었습니다. 가주님의 곁에 남기 위함이었지요."

"……."

"가주께서 살아 돌아가 가문으로 돌아가신다면 가문은 재건될 수 있습니다. 이를 위해 후방에서 위정대, 암향각, 정필당이 목숨을 걸고 싸우고 있습니다. 그들의 희생을 저버리실 생각이십니까!"

으드득!

당평이 눈을 부라리며 주먹을 움켜쥐었다.

당비호, 공후, 당엽, 배진호……

그들은 오랜 시간 그의 곁을 지켜 온 가신들이었으며, 자신을 가주로 이끈 장본인들이었다.

지금 그들이 눈앞에서 쓰러져 가고 있었다.

'가문으로 돌아간다?'

패잔병이 되어 귀환한다는 건 우스운 일이다.

그건 그가 그토록 우둔하다 욕했던 배다른 누이의 삶과 다르지 않다.

가문의 끝도 없는 요구에 순응하다 비참한 죽음을 택한 누이, 당양희.

천휘성이 직접 묻어 주지 않았다면 당가는 그녀를 짐승의 먹잇감으로 내줬을 것이다.

전대 가주였던 부친은 그러고도 남았을 위인이니까.

한데…… 결국 삶의 끝에서 아무것도 할 수 없이 무기력해졌다.

'내 누이와 같은 결말을 맺을 수는 없느니라. 나는 누이와 다르다.'

당평의 눈이 가늘어졌다.

"나는 떠나지 않을 것이다."

"가주!"

"살기 위해 싸울 것이며, 놈들의 무릎을 꿇릴 때까지 투쟁할 것이니라. 그것이 나, 당가 가주가 지켜야 할 품격이다."

그 순간, 폭렬독인의 강렬한 폭발로 피어올랐던 먼지바람이 걷히며 악정호가 모습을 드러냈다.

놀랍게도 악정호는 혼자가 아니었다.

어느새 양경과 백훈이 그의 좌우를 지키고 있었고, 후방에는 언성운이 악정호의 등을 단단히 지탱했다.

마주했던 적들을 모두 섬멸한 뒤에 악정호를 돕기 위해 달려온 것이다.

백훈이 가볍게 한숨을 쉬었다.

"휘유, 뒈질 뻔했네."

"애송이, 그새 늘었구나. 악운 그놈이 몇 수 가르쳐 주더냐?"

"왜요, 이제 제게도 호승심이 느껴지십니까?"

"어려울 거 없지."

양경이 힐끗 백훈을 쳐다보며 말했다.

언성운이 담담한 음성으로 두 사람을 중재했다.

"어르신 이쯤 하시지요. 아직 적이 남았소, 백 대주."

"흥."

"예, 압니다."

코웃음 치는 양경과 고개를 끄덕인 백훈.

언성운도 주변을 경계하며 악정호를 살폈다.

"가주님, 괜찮으십니까."

"덕분이오. 방금 전에는 정말 위험했으니까."

악정호는 뇌공을 고쳐 쥐며 당평 앞으로 다시 걸음을 옮겼
다.

"당평! 아직 안 끝났다!"

"그래. 오너라."

백훈과 양경이 좌우측에서 나란히 달리며 쇄도하는 폭렬
독인을 앞다투어 막아 갔다.

콰지지짓! 쿠아아앙!

땅의 울림으로 인해 온몸에 진동이 올 만큼 강력한 폭사가
이어졌다.

그 와중에도 백훈과 양경은 각자의 절기를 일으키며, 악정
호에게 그 여파가 가지 않게 했다.

'고맙네.'

악정호는 입술을 앙다물며, 휘몰아치는 기의 돌풍 속에 당
평을 향해 돌진했다.

은편(銀鞭)을 뽑은 공후가 당평의 곁을 지나 악정호에게 먼저 닿았다.

"절대 가주님께는 갈 수 없느니라!"

"……누가 내 주군의 길을 막는가!"

뒤따르던 언성운이 악정호의 앞을 막는 공후의 채찍을 포염라로 둘러싼 쌍장으로 쳐 냈다.

이제 남은 건 단둘뿐.

기다리고 있던 당평이 악정호를 향해 사이하게 웃었다.

"네놈을 이번에야말로 한 점의 영혼도 남지 않게 녹여 버릴 것이니라."

채찍에 담긴 독기(毒氣)가 악정호를 향해 쇄도했다.

콰아아악!

사력을 다해 달린 악정호는 명왕지독이 깃든 당평의 채찍을 향해 물러남 없이 마주했다.

-정호야.

-예, 아버님.

-언젠가 모든 형제들이 스러지고, 너 홀로 뇌공을 물려받는다면 어찌하겠느냐.

-저는…… 안 됩니다, 자격이…….

-자격은 주어지는 것이 아니란다.

'가솔을 통해 만들어지는 것이지.'

악정호는 부친의 호탕한 웃음소리를 떠올리며 뇌공을 강하게 고쳐 쥐었다.

"내가…… 악가의 가주다."

모든 것을 내던진 악정호의 일격이 밀려드는 당평의 세례를 관통했다.

'상대의 어둠을 삼킨 후 시작되는 광명의 새벽.'

'구홍(九紅)'을 넘어선 '암천광영창(暗天光榮槍)'의 새로운 장.

"태일(太一)."

당평을 삼키는 한 줄기 붉은 창격이 지상을 내리 갈랐다.

구구구구구구!

‌

하늘이 열리듯 밝아진 사위.

마치 그에 부응하듯 피비린내와 온갖 연기로 가득한 지상에서는 더 이상 비명이 들려오지 않았다.

"끝났다……."

악가의 가솔 중 누군가 나직이 읊조렸다.

그 작은 읊조림은 곧, 사방으로 퍼져 나갔고 도심을 가득 메운 악가 가솔들의 환호성으로 터져 나왔다.

"와아아아!"

"제녕을 지켰다!"

"이겼어! 이겼다고!"

악가의 가솔들은 당가에 승리한 것을 기뻐한 것이 아니라, 그들의 터전을 지킨 것에 진심으로 기뻐했다.

호사량도 서로를 얼싸안고 부둥켜 우는 악가의 가솔들 사이에서 그제야 아껴 뒀던 깊은 숨을 토해 냈다.

"후우……."

"부각주! 우리가 이겼소! 해낸 거요!"

노르가 호사량에게 날듯이 달려왔다.

"삼 당주의 노고 덕분이오. 참으로 고생하셨소."

"그럴 리가! 이게 다, 부각주의 혜안이 빛을 발한 덕분 아니겠소!"

미소로 화답한 호사량은 다시 고개를 돌렸다.

누군가를 찾는 듯한 눈빛.

노르가 호사량의 눈빛을 눈치채고 말했다.

"호 소협은 무사하오. 내게 도움이 많이 되어 주었소. 으하하!"

호길의 안위를 걱정했던 호사량의 눈빛이 한결 편안해졌다.

동시에 멀리서 호길이 호사량을 향해 뛰어왔다.

"스승님!"

"스승은 무슨……. 사제의 연은 안 맺는다니까."

말은 그렇게 했지만 이미 호사량의 입가에는 미소가 가득했다.

쿨럭…….

악정호는 피를 울컥 토해 냈다.

단 하나의 일격을 위해 정말 혼신을 다했고, 모든 내력을 쏟아부었다.

"후우, 후우……."

거친 숨결을 몰아쉬는 악정호의 어깨를, 당평이 억세게 잡아당겼다.

콰악!

하지만 악정호는 차갑게 식은 눈빛으로 마주한 당평을 응시했다.

이미 당평의 가슴 한가운데는 뇌공이 깊게 박혀, 엄청난 양의 피가 쏟아져 내리고 있었다.

쿠르륵…….

당평이 입안에 가득 끓는 핏물을 흘려 대며 악정호를 노려봤다.

"어찌…… 막았지?"

당평은 믿기 힘든 눈빛이었다.

"당가의 단혼정(斷魂釘)을 미리 겪은 벗의 언질을 받았다."

단혼정(斷魂釘).

일전에 악운이 보국한을 상대할 때 마주했던 암기였다.

당평 역시 마지막 암습으로 악정호의 목숨을 빼앗고자 했던 것이다.

"벗?"

"내 아들, 운이지."

당평은 쓰게 웃었다.

"또…… 놈인가? 언젠가 놈의…… 오만이 피어오를 때…… 악가는 멸가할 것이다."

"모르겠는가?"

"……."

"오만은 나아가길 멈춘 이에게 통용되는 것이다. 그대가 보기에 우리의 가솔이, 운이가, 나아가길 멈춘 것 같이 보이는가?"

파르르 떠는 당평의 눈가에서 피가 눈물처럼 뚝뚝 떨어져 내렸다.

악정호는 그의 몸에서 뇌공을 느리게 뽑아내며 대답했다.

"당가는 그저 넘어서야 할 수많은 산 중 하나일 뿐. 그 이상도, 그 이하도 아니다."

깊이 박혀 있던 뇌공이 마침내 당평의 몸 안에서 완벽히 빠져나왔다.

쿵─!

창에 지탱하고 있던 당평 역시 더 이상 몸을 가누지 못하고 무릎을 꿇었다.

희미해져 가는 의식 속, 당평의 눈에 죽어 가는 가솔들이 뿌옇게 비쳤다.

'나 역시…… 누이의 삶과 다를 바 없던가.'

아니, 이제는 당양희의 삶이 더 나아 보였다.

적어도 당양희의 죽음 곁에는 천휘성이 남아 있었으니까.

스륵.

초점을 잃은 당평의 눈이 완전히 감겼다.

'끝났나.'

악정호는 눈을 감은 당평을 내려다보며 그제야 뇌공에 몸을 기대고 섰다.

"가주님!"

언성운이 제일 먼저 악정호를 찾았다.

애초에 높은 무공이 아닌 군사의 역할을 위해 등용된 공후가 언가의 진전을 이은 언성운의 상대가 될 리 없었다.

"참으로 다행이오. 무사했구려."

악정호가 다가온 언성운을 향해 웃었다.

탁.

상대적으로 멀쩡했던 언성운은 비틀거리는 악정호를 단단히 부축했다.

"괜찮으십니까."

"물론이오. 다른 이들은?"

"모두 무사합니다."

때마침 양경과 백훈이 봉두난발이 되어 흙먼지 속을 헤쳐 나오는 모습이 악정호의 눈에 보였다.

"참으로 힘겨운 싸움이었소."

"예, 어떤 싸움보다 힘겨웠습니다. 하지만 이번에도 해내셨습니다."

"내가 해낸 게 아니라 우리가 해낸 것이오."

언성운이 환하게 웃었다.

"맞습니다."

"하지만 씁쓸하구려. 승리하기는 했지만 우리 쪽 피해도 클 것이오."

"충분히 각오한 싸움이었습니다. 터전을 지키고자 했던 건 모두의 뜻이었지요."

"알고 있지만 늘 마음이 무겁구려."

"그만큼 더 공고하고, 단단히 가주의 품위를 지키시면 됩니다. 가솔들의 중심은 가주님이십니다."

악정호는 조용히 언성운을 응시했다.

'아버님의 말씀이 옳았습니다.'

악가의 가주란 자격은 그저 핏줄에 따라 계승되는 것이 아니었다.

가솔들을 위해 싸우고, 그 가솔들이 악가의 곁에 머물면 비로소 악가의 가주로서 완성되는 것이었다.

돌고 돌아…… 악정호는 이제야 명확히 깨달았다.

"갑시다. 해야 할 일이 많소."

"곁을 지키겠습니다."

부축을 받고 걸음을 옮긴 악정호의 앞으로 악가의 가솔들이 원처럼 빙 둘러선 채 부복했다.

쩌렁쩌렁한 모두의 외침이 전장 위를 가득 메웠다.

"악가뇌명(岳家雷鳴)!"

"진천패림(振天覇林)!"

악가가 사천당가를 누르고, 천하를 호령하고 있었다.

⁂

푸드득-!

수많은 전서구가 하늘을 향해 날았다.

그리고 그중 하나가 남궁세가의 중심(中心), 안휘성 황산에 닿았다.

"놀랍군."

전달받은 전서를 읽어 내린 남궁문은 진심으로 놀란 눈빛을 띠었다.

동석 중이던 건봉효가 무슨 뜻인지 알고 있다는 듯 의미심장한 미소를 흘렸다.

"건 대인은 이미 아는 눈치구려."

"껄껄, 그리 싸돌아다녔는데 개방의 거지가 이 큰 소식을 모르면 쓰겠소?"

"사천당가가 패배했다……."

"이쯤 되면 금정회에 관련된 문파들은 꽤나 애간장이 타고 있을 것이오."

"그래서 대놓고 금정회란 비밀 조직이 정파 내에 숨어들었다고 사방에 퍼트린 것이오?"

"그래야 간접적이든 직접적이든, 놈들도 몸을 숙이며 눈치를 볼 것 아니오. 당가와 악가의 전투가 끝날 때까지는 말이오."

남궁문이 희미한 미소를 흘리며 전서를 접었다.

"현명한 판단이었소. 적절한 시기이기도 하고."

남궁문은 다음으로 온 전서를 조용히 내려다보았다.

그 전서에는 소림사 방장의 인(印)이 찍혀 있었다.

마침내.

무림맹 회합의 일정이 정해진 것이다.

제녕대첩(濟寧大捷).

사천당가의 갑작스러운 습격으로 인해 발발된 이 문파 대전의 결과는 빠르게 천하 곳곳으로 번져 갔다.

무림을 지탱한 팔우(八宇).

사천심왕(四川心王) 당평의 죽음은 그만큼 무림을 충격으로 몰아넣기 충분했다.

동시에 '금정회'라는 혈교와 손을 잡은 문파들이 있다는 소문이 돌기 시작했다.

자칫 중원 무림이 불안과 혼란으로 휩싸일 수도 있는 상황.

하나.

시기적절하게 북존 소림이 나섰다.

이성(二聖) 중 일인인 금강호성(金剛護聖), 달천.

고아로 소림에 거둬져 전대 방장 스님의 제자로서 사대금강의 자리까지 거친 입지전적 인물.

웬만해서는 무림의 일에 간섭하지 않으려는 그가 실로 오랜만에 무림의 일에 나선 것이다.

-두 가문의 일을 중원의 일로 확대하는 것은 옳지 않으나 많은 의혹과 분란들이 무림을 혼란케 하고 있으니……

소림은 무림맹의 역할이 제 소명을 되찾아야 할 때라고 보고 있다.

달천의 발언은 개방을 통해 각지에 퍼졌고, 물밑에서 일정 부분 논의가 끝난 구파일방과 오대세가가 일제히 무림맹 회합에 동의했다.

이 과정에서 구파일방, 오대세가에 속하지 않은 산동악가에도 회합 초대가 담긴 무림첩이 향하는 이례적인 일이 벌어졌다.

산동악가를 공식적으로 오대세가의 새로운 한 축으로 인정한 것이다.

그건 새로 팔우(八宇)의 자리를 차지한 산동평왕(山東平王), 악정호를 인정한 것이기도 했다.

❧

제녕, 만익전장.
회합을 위해 가솔들이 한자리에 모였다.
"시작하시오."
"예, 가주님."
악정호의 하명에 호사량이 앉아 있는 각 부처의 수장들을 둘러보았다.

제녕대첩이라는 위기를 겪고도 다행히 수장들은 모두 자리를 지키고 있었다.

당가의 수장들은 강했지만, 그들의 오만을 꿰뚫은 정보 선점과 기습을 통한 전략의 승리였다.

"우선 장례 직후 가솔들의 시신은 가족들에게 무사히 운구하였고 가문에서 할 수 있는 최선의 보상과 가주님께서 지시하신 감사패도 전해졌습니다. 또한 사천당가의 시신들 역시, 당평을 포함해 빠짐없이 사천당가로 운구하였습니다."

"실무를 위해 밤잠도 못 잤다 들었소. 노고가 많았소."

"아닙니다."

호사량이 고개를 저은 후 말을 이었다.

"다들 아시겠지만 사천당가와의 전후 협약은 남궁 가주님의 입회하에 며칠 전 체결을 마쳤습니다. 사천당가는 오늘부로 봉가(封家) 절차에 들어갑니다. 무림에서 그 어떤 이권 사업도, 가솔 영입도, 그 외 무림인으로서의 모든 활동도 정지됩니다. 새로운 가주가 된 당명호가 동의했습니다."

당명호.

죽은 당평의 사촌이며 권력 승계와는 거리가 먼 이름이었었다.

그러나 제녕대첩으로 인해 당평과 오랜 세월 이어져 온 당가의 지지 기반과 이를 유지할 주요 인사가 죽음을 맞이하면서 그가 승계 서열의 일 순위가 된 것이다.

"사천당가는 그들의 근거지인 성도로 통하는 수로와 관도를 전면 개방하고, 그들의 권한하에 있는 사천의 모든 역참을 우리 가문의 권한으로 이관했습니다. 또한 이번 습격의 보상을 위해 산동상회를 통해 사천당가의 귀속 상단인 서명상단의 재산이 몰수되고, 당가가 지닌 전답의 칠 할을 만익전장으로 소유권을 옮겼습니다. 태양무신의 심득 역시 저희의 요청으로 파쇄했습니다."

악정호는 조용히 고개를 끄덕였다.

어차피 문파 대전을 일으킨 건 피를 보기 위함이 아니었다.

이권을 위해 혈교와 손잡고 가문을 노린 당가를 응징하고 가솔들을 지키기 위함이었다.

'이만하면 되었어.'

당가는 모든 것을 잃었다.

가주를 잃었으며 미래를 이끌 가솔과 가솔들을 이끌어 줄 스승들이 전멸에 이르렀다.

당평의 부인들도 충격에 빠져 자결하거나 실성했다는 이야기가 들렸다.

"당가 내부가 많이 시끄럽겠군."

"예, 가주님 말씀대로 이미 당가는 당명호를 중심으로 그와 결탁한 가솔들이 주요 자리를 채웠다 합니다. 아마 당평과 관련된 친족은 당가를 망가트렸다는 명분하에 뇌옥에 갇히거나 잔혹한 율법이 행해질 가능성이 높습니다. 당가의 율법은 단호하기로 유명하지요."

남은 재산도 재산이다.

앞으로 당가는 그나마 보존한 재산을 두고, 아귀다툼을 할 게 분명했다.

"아, 그리고 소가주가 가져온 일부 독인의 시체와 진귀한 독초 등은 성 각주를 통해 기록 중에 있습니다. 당가의 일은 이렇게 정리될 것 같습니다."

"알겠소. 실무자들은 매끄럽게 진행하도록 하시오."

장설평과 유준이 짧게 묵례를 하고는 답했다.

"예, 가주님."

"빈틈없이 처리합지요."

이어서 호사량이 다음 화제로 넘어갔다.

"최근 화홍단의 일이 금정회의 논란으로 확대되고 있습니다. 그로 인해 금정회와 관련된 문파들은 신중하게 움직이기 위해 무림맹 회합에서 본격적인 행보를 보이리라 예측 중입니다."

자연히 모두의 시선이 악정호에게로 향했다.

금정회의 일을 회합에서 어떤 방식으로 활용할지는 사실상 악정호의 판단에 달려 있었다.

"모두 알다시피 얼마 전 남궁 선배와 나는 독대를 마쳤소.

악귀의
표인

소림의 방장께서는 그 일을 듣고 정파 무림을 크게 우려하셨다고 하오. 하지만 혈교와 오랜 시간 결탁해 오며 권위와 이권을 착복해 온 속내는 묵과할 수 없는 일……. 운이가 혈교 지부에서 가져온 증좌들이 회합의 주요 안건이 될 것이오."

장내가 조용해졌다.

악정호의 말대로라면 만약 일이 틀어질 경우 정파는 사상 초유의 분열과 대규모 문파 대전을 겪게 될 것이 분명했다.

고요한 가운데 악정호의 담담한 음성이 이어졌다.

"즉, 혈교와의 지약이 새겨진 비석과 그간 혈교 지부에서 보관하고 있던 수많은 협객들의 유품은 금정회와 연관이 없는 문파들을 결속시키고, 금정회의 문파들을 맹의 율법으로 단속하는 계기가 될 것이오. 그 의미가 더욱 중요해졌다는 뜻이지."

유준이 까칠하게 돋은 수염을 쓸어 담았다.

"흐음, 운송 과정이 위험해졌단 뜻이군요."

악정호가 고개를 끄덕였다.

"맞소. 해서 소림과 남궁세가의 진두지휘를 통해 오대세가는 물론 금정회에 속한 네 개 문파를 이 일을 공유한 이들이 경계 중에 있소. 문제는 혈교요."

그러자 호사량이 나섰다.

"하면 금정회의 경계를 뺀 혈교라는 변수는 온전히 우리 가문에서 도맡아야 한다는 뜻인지요."

"그렇소. 남궁 선배도 내게 그 점을 유의하라 하더군. 무림맹 총본산이 있는 낙양까지, 온전히 우리 가문의 힘만으로 도착해야만 하오."

노르가 가슴을 세게 치며 외쳤다.

"수많은 난관을 헤쳐 온 저희입니다. 무엇이 두렵겠습니까! 으하하!"

노르에 이어 둘째 어울이 말을 보탰다.

"막내 말대로 가문의 피해는 애당초 예상했던 것보다 적었습니다. 그간 가솔들 역시 충분히 몸을 회복하였으니 해 볼 만한 일입니다."

"두 아우의 뜻에 동의합니다."

일당주 알하까지 자신하자 사마수도 긍정적인 반응을 보였다.

"제녕에서 낙양까지의 거리는 그리 멀지 않습니다. 현재 곤륜에서도 혈교의 대규모 움직임에 대해 별다른 소식이 없는 것으로 봐서는 두 개 대대만 운용해도 무사히 당도할 수 있으리라 생각됩니다."

뒤따라 언성운이 나섰다.

"소신이 가겠습니다."

백홍휴가 고개를 저으며 그를 만류했다.

"언 대주께서는 가주님의 호위를 맡으셔야 합니다. 신과 유 대주가 가겠습니다."

"산협단도 있습니다."

"저희 동호단을 운용하시지요."

"이번에야말로 신설된 저희 정룡단이 활약할 때라고 생각합니다."

각 부처 대주들을 비롯해, 최근 바짝 사기가 오른 단주들까지 합세하자 회의장 안은 금세 시끌벅적해졌다.

그사이 호사량의 시선은 조용히 상황을 지켜보고 있는 악운에게로 향했다.

'또 무슨 생각을 하고 있는 것이오?'

호사량은 악운의 침묵에는 항상 이유가 있음을 봐 왔기에 이번에도 다르지 않으리란 생각이 스쳤다.

악정호도 같은 생각을 한 것일까?

악정호가 가볍게 탁자를 쳐서 소란을 멈추게 하고는 악운에게로 시선을 돌렸다.

"아비는 운이 네 의견을 듣고 싶구나. 소가주로서 필요한 의견이 있다면 내 보거라."

"예."

생각에 잠겨 있던 악운은 모여든 시선을 느끼며 진중히 입을 열었다.

"모든 분들의 의견이 옳다고 봅니다. 사천당가의 붕괴로 금정회는 중요한 한 축을 크게 잃었습니다. 그 와중에 소림을 비롯한 다른 문파의 경계를 무시하고 경거망동하지는 않을 것입니다. 대신 혈교에 협조 요청하여 증좌를 없애 달라할 겁니다."

악운이 그동안 파악한 혈교는 분명 과거와 달리 세가 약해졌다.

결국 금정회를 돕는 쪽이 그들에게도 나았다.

"그럼 혈교의 정예 무리가 우리 가문의 운송을 습격하려들 확률이 높아집니다. 금정회에 속한 문파들을 옥죌 증좌만 사라진다면……."

악정호의 눈빛이 날카로워졌다.

"금정회의 숨통이 트이겠지."

"예, 그럴 겁니다. 하지만 혈교라면 굳이 이런 피곤한 습격보다는 다음 전쟁을 위해 전력을 집중할 겁니다."

호사량의 눈이 번쩍 뜨였다.

"설마……."

악운은 호사량과 눈빛을 교환하며 말을 이었다.

"동시에 정파의 분쟁을 걱정하여 쉬쉬하는 금정회의 정체를 세간에 모두 밝혀 버릴 수도 있지요. 그럼 정파의 근간 자체가 흔들립니다."

사마수 역시 허를 찔린 양 헛웃음을 흘렸다.

"정작 중요한 것을 잊고 있었구먼. 허……."

사마수뿐만이 아니었다.

각 부처의 수장들 모두 탄식하듯 헛웃음을 흘렸다.

악정호가 수염을 쓸어내리며 근심에 잠겼다.

"그래, 혈교가 언제까지고 금정회를 위해 힘쓰지는 않겠지. 그저 두 조직은 각자 이익을 위해 아슬아슬한 교류를 이어 가고 있었을 뿐, 우리에게 모든 것이 드러난 이상……."

"예, 혈교는 과거에도 지금도 혼란을 가장 잘 활용하는 집단이었습니다. 그건 여전히 변함없겠지요. 만약 세간에 이 모든 것이 밝혀지고 그들이 정파의 명분을 저버린 것이 드러난다면 더는 금정회도 눈치 보지 않고 과감히 움직이겠지요. 정파의 혼란이 불거지는 겁니다."

금정회를 경계하기 위해 퍼트린 소문이 되레 정파의 혼란을 가속화시킨 것이다.

어쩔 수 없는 일이기는 했지만 장내의 분위기가 급격히 무거워졌다.

"해서 저는 이번 운송에 가문의 전력을 집중시키는 것보다는 소수의 인원으로 호위 대대를 구성하는 게 옳다고 봅니다. 그 외의 전력은 혹시나 모를 대규모 분쟁에 대비하는 편이 낫습니다."

듣고 있던 악정호가 반문했다.

"만약 네 말이 틀려서 혈교가 습격해 온다면 어쩌겠느냐."

"그럼 오히려 잘된 일입니다."

"어째서?"

"혈교의 전력이 과거보다 현저히 약해져 있다는 것을 혈교의 고위급 인사로부터 파악한 지금, 되레 놈들이 습격해 온다는 건⋯⋯."

동시에 악운의 눈빛이 가라앉았다.

"제게 위기가 아니라 기회입니다."

새삼 모든 가솔들을 악운이 가진 담력에 혀를 내둘렀다.

악운은 애당초 혈교도 금정회도 두려워하고 있지 않았다.

백훈은 악운의 반응을 이미 예상했다는 듯 씨익 웃으며 중얼거렸다.

"하여튼 남다르다니까."

동시에 악운이 결단을 내렸다.

"그러니 수송대는 제가 맡겠습니다."

이미 생각에 잠겨 있던 순간부터 악운은 그러기로 마음먹었던 것이다.

혈교

도가에는 삼청(三淸)을 최고의 이상향으로 꼽는다. 삼청은 천지창조와 관련된 힘이자 낙원이며 동시에 원시천존을 뜻했다. 곤륜파에서는 삼청을 기반으로 서왕모를 함께 모시며 도가 무학의 발상지라 불릴 만큼 깊은 뿌리를 지녔다.

하나 그만큼 존귀한 곳이기에 예로부터 곤륜을 넘보려는 자들은 많았다.

혈교처럼.

청해성, 곤륜산.

곤륜파의 상선궁(上仙宮).

구름이 닿을 것처럼 까마득한 높이의 옥산 고지대에 자리 잡은 상선궁 주변엔 지난 밤 한가득 눈이 쌓였다.

"장문인. 날이 춥습니다! 이 눈은 저희 제자들이 치우겠습니다!"

아직 지학도 되지 않은 삼대 제자들이 추위로 벌게진 코를 비비며 자신을 걱정하는 모습에, 태유도장은 빙긋 웃음을 지었다.

"나는 괜찮으니 염려 말거라. 이만 쓸고 소청궁에나 가 보려무나."

"하지만……."

"괜찮다."

태유도장은 훌쩍이는 삼대제자의 콧물을 소매로 대신 닦아 주며 새벽부터 열심히 눈을 쓸어 준 제자들을 소청궁으로 돌려보냈다.

그렇게 삼대 제자들이 물러가고, 태유도장의 곁으로 뽀득 거리는 발자국 소리가 났다.

"풍이 왔느냐."

진풍도장이 예의를 갖춰 인사를 건넸다.

"예, 사부님."

"먼 길 다녀오느라 고생했다."

"아닙니다. 그보다 얼마 전까지만 해도 텅텅 비어 있던 도관에 제자들이 가득 있는 모습을 보니 마음이 충만해집니다."

"봉문을 막기 위해 각지에서 노력했던 제자들이 돌아온 덕분이지. 그중 네 덕이 가장 컸다."

"아닙니다. 불초 제자가 한 게 무엇이 있겠습니까? 함께 어려움을 겪으며 견뎌 온 곤륜파의 제자들과 지난 혈맹(血盟)을 되새긴 악가가 약조를 지켜 준 덕분이지요."

"선연(善緣)이로고⋯⋯."

악가가 직접 곤륜의 공식적인 도납처가 되면서 곤륜파는 안정적인 문파 운용이 가능해졌고, 생활고를 겪지 않아도 됐다.

실로 오랜만에 진산 제자와 속가 제자 들이 곤륜산 옥산에 함께 모이게 됐으며, 문파의 미래에 대해서 논의를 시작했다.

곤륜의 미래는 훨씬 밝아지고 있었다.

하나 호사다마라 했던가.

중원의 정세가 심상치 않아진 것은 물론 그간 모습을 감추고 있던 혈교가 악가와 거듭 충돌에 이르는 중이었다.

진풍도장이 먼 길을 다녀온 것도 그러한 이유였다.

"천산의 조짐은 어떻더냐."

"약강 부근을 집중적으로 수색한 결과 별다른 조짐은 없었습니다. 저희 곤륜의 위세에 눌린 모양이지요. 껄껄!"

호탕하게 웃는 제자를 보며 태유도장의 눈빛이 묘하게 바

꿰었다.

"의아하구나."

"무슨 말씀이신지요."

"내 제자는 단 한순간도 혈교의 동태를 살피지 않은 적이 없느니라. 매순간 곤륜의 안위를 걱정하고 지키기 위해 불철주야 매달렸지. 껍데기는 비슷할지 몰라도……."

어느새 태유도장의 손에는 날카로운 섭선이 쥐어져 있었다.

"내 제자는 어디 있느냐."

나지막한 반문에 우두커니 서 있던 진풍도장의 입가에 웃음기가 피어올랐다.

씨익…….

그 서늘한 웃음에 태유도장의 눈빛이 파르르 떨렸다.

"이노오옴!"

산천초목이 울릴 만큼 강렬한 노성이 울려 퍼진 순간.

스릉─!

진풍도장의 손에 잡힌 검이 빠른 속도로 근접한 태유도장을 내리쳤다.

구아아앙!

강렬한 돌풍이 일며 쏟아진 검강에 태유도장이 도룡선법(道龍仙法)을 일으켜 선환(旋環)의 강기를 사방에 퍼트렸다.

사아아아악!

동시에 사방에서 타종 소리가 울려 퍼지며, 곤륜파 제자들의 고함과 비명이 청명하던 하늘에 울려 퍼졌다.

"적이다! 혈교가 습격했다!"

"으아악!"

삽시간에 사방을 가득 메운 불안과 혼란 속에서 태유도장의 눈빛이 어두워졌다.

저벅저벅.

괴인은 강기의 충돌로 인한 눈발 속을 뚫고 걸어 나오며, 뒤집어쓰고 있던 진풍도장의 껍데기를 찢어 냈다.

"과연…… 팔우(八宇)의 일인이라는 옥선선인(玉旋仙人)답군 그래. 오래 묵은 혜안은 여전하다 이건가? 큭큭, 그래도 제자의 진짜 인피(人皮)를 본 소감은 선인이어도 못 참을 일이겠지. 아닌가?"

"네놈은……."

"나는 혈랑궁(血狼宮)의 오추일세. 많이 늙어서 알아보려나 모르겠군."

"오추."

과거의 기억을 더듬던 태유도장은 전대 혈랑궁의 궁주였던 오추와의 악연이 스쳐 지나갔다.

"다시…… 그 끝이 없는 전쟁을 시작하려는 것이더냐."

"끝이 없기는 무슨 소리. 그 끝을 내려고 그분께서 돌아오셨거늘."

과거에는 혈랑궁의 궁주였으나, 이제는 혈명회의 원로가 된 오추가 광기 섞인 웃음을 드러냈다.

그 순간.

태유도장의 눈이 사납게 번뜩였다.

"야율초재(耶律初災)가…… 살아 돌아오기라도 했다는 것이냐?"

무신 천휘성에 의해 몸에 커다란 구멍이 뚫린 채 사라진 전대 혈마.

정말 그가 살아 돌아왔다면 그건 재앙 그 자체였다.

"큭큭…….."

오추는 대답 대신 웃음을 지으며 다시금 땅을 박찼다.

맑은 바람이 가득하던 옥산에 불에 탄 전각의 잿더미가 실려 들었다.

❧

호사량이 악운과 산책을 거닐며 말했다.

"바람이 차구려."

"예."

"오랜만에 소가주를 따로 보내려니 썩 마음이 좋지 않소."

"대신 뛰어난 가솔들로 이뤄진 운송대가 저와 함께하지 않습니까? 심려치 않으셔도 됩니다."

회합이 끝난 직후.

악운은 곧장 운송대의 책임자가 되었다.

운송을 위한 구성원은 삼당주 노르와 엽보원 내의 성신당, 당주 야율초재(爺奉超才) 그리고 악가뇌혼대의 금벽산이 각자의 장점을 바탕으로 구성됐다.

노르가 기마와 마차 길잡이를.

야율초재가 운송 전에 물자 담당과 필요한 인력 충원을.

금벽산이 일인 척후조로서 움직여 주기로 했다.

사마수, 호사량, 유준, 장설평, 신 각주 등이 머리를 맞대어 도출해 낸 인력 구성이었다.

"……소가주의 뜻대로 소수 구성원으로도 운송에 차질이 없게 인력을 구성하긴 했지만, 혈교가 너무 조용한 것이 오히려 신경 쓰이오. 벌써 그들은 두 개의 대대를 잃었소. 제아무리 과거보다 전력이 약해졌다고는 하나 무시할 수 없는 자들이요."

"압니다. 하지만 교활한 자들인 만큼 정공법보다는 정파의 분열을 가속화시키는 쪽을 택할 가능성이 높습니다. 직접적인 습격은 오히려 정파 내부를 결속시킬 수도 있으니까요. 그건 그들이 원하는 바가 아니지요."

"날이 갈수록 지략가가 되어 가는 것 같소. 이젠 내 소임까지 가져갈 참이요?"

"머리 아픈 건 질색입니다. 몸을 쓰는 편이 낫지요."

"그런 말은 백치나 다름없는 백 대주가 해야 이치에 온당한 법이오."

"다녀올 때까지 너무 싸우지나 마십시오, 하하!"

"싸움은 무슨……. 수준이 안 맞으니 선생처럼 호되게 가르쳐 주는 것이지."

"그게 그겁니다."

"알았소."

"떠나기 전에 제녕을 찾은 동생들과 시간을 보내야겠습니다. 그럼 저는 이만……."

"그러시오."

호사량은 다른 전각으로 발길을 돌리는 악운의 뒷모습을 빤히 바라보며 웃음 지었다.

악운이 늘 그랬듯 별일 없이 돌아오리라 생각하며.

─회합 일정을 위해 아비는 백훈 대주, 사마 각주와 함께 후발대로 출발할 게야. 운이 너는 선발대로 먼저 가거라.

─반드시 무사히 도착시키겠습니다.

─상관없다. 설령 운송품을 당도시키지 못하더라도 함께할 가솔들과 너의 안위를 제일 중요하게 여기거라.

─예. 너무 염려 마세요.

-자식 걱정은 평생 당연한 게야. 윤석아, 당연한 걸 못
하게 하지 말거라.

　악운은 악정호의 기억을 떠올리며 말고삐를 고쳐 잡았다.
'아버지⋯⋯.'
　악정호는 악운이 사라질 때까지 손을 흔들며 자리를 지켰
다.
　아버지는 늘 그렇게 같은 자리에서 든든히 있었다.
　그 덕분에 악운은 훨씬 더 많은 일을 해낼 수 있었고 안정
감을 찾을 수 있었다.
　"소가주, 무슨 생각을 그리 하시오?"
　선두에서 함께 말을 몰고 있는 노르가 악운에게 말을 걸었
다.
　"별생각 안 했습니다."
　"그렇구려. 그나저나⋯⋯ 소가주는 이 모든 싸움이 끝나
면 가장 하고 싶은 게 무엇이오?"
　악운은 문득 떠나기 전에 함께 시간을 보낸 의지와의 대화
가 스쳐 지나갔다.

　　-오라버니의 여정이 끝나고 나면 전처럼 저자에 다시 가
　고 싶어요. 전에 가락지를 사 주셨으니까, 이번엔 제 차례
　잖아요.

-저도 함께 갈게요! 하하.

의지는 악운이 오래 전에 사 줬던 가락지를 줄을 매달아 목걸이처럼 걸고 있었다.

함께 있던 예랑이도 못 보던 새 벌써 골격이 남다르게 장성해 있었다.

그래서 아쉽기도 했다.

동생들이 커 가는 모습을 곁에서 지켜보면 좋으련만.

악운은 그 아쉬움을 담아 나지막이 말했다.

"저자에 가고 싶습니다."

노르는 무슨 의미인지 몰라서인지, 눈에 잠깐 동안 의아함이 물들었다.

"응? 저자 말이오?"

"예."

"그럼 이번 무림맹 회합을 무사히 마치고 나면 다녀오시오. 바쁜 일이 있다면 내가 대신 처리해 드리리다! 하하."

"고맙습니다."

악운은 쾌활한 노르의 웃음소리에 함께 웃음 지은 직후, 금벽산과 다시 조우하기로 약조했던 장소에 도착했음을 확인했다.

"워워⋯⋯."

현재 그들이 위치한 곳은 산동성을 벗어나는 조현 부근,

이제 조현이란 작은 도시만 지나면 금세 하남성 안쪽으로 입성할 터였다.

하지만.

조현으로 향하는 최단 거리는 작은 산의 능선과 이어진 안부, 즉 고갯길을 통해야 했다.

노르가 어둑해진 주변을 살피며 말했다.

"방금 전 첫 번째 고개를 넘었으니 두 번째 고개만 넘으면 하남성 부근으로 진입할 수 있을 게요."

"예, 우의장이 돌아오면 다시 출발하시지요."

"좋소. 한데 예상보다 늦는구려."

노르의 말대로 척후 임무를 수행하고 있는 금벽산은 지금까지 약조한 시간이 되면 틀림없이 돌아왔다.

한데 항상 먼저 도착해 있던 금벽산의 모습이 전혀 보이지 않았다.

'이상한 일이야.'

가솔들을 동요시키고 싶지 않아 담담하게 대답했지만 악운 역시 의아함을 느끼는 것은 마찬가지였다.

거리상으로도 금벽산이 늦을 이유가 딱히 없었다.

금벽산의 경공은 악가뇌혼대 중에서 백훈도 혀를 내두를 수준이다.

진작 도착해 있어야 했다.

그렇지 않다는 건…….

'도착하지 못할 이유가 있는 것이겠지.'

악운은 우선 말에서 훌쩍 뛰어내렸다.

타닥.

이상함을 감지했다면 그에 맞게 대처하는 게 옳았다.

"삼당주님."

"말씀하시오."

노르의 표정 역시 급격히 굳어져 있었다.

그 역시 강렬한 위화감을 느낀 것이다.

"원치 않은 손님이 왔을 확률이 높습니다."

"함께 가겠소."

"아뇨, 다른 길을 꾀해 계속 운송대를 이끌어 주십시오. 설사 이곳에서 우회해 가더라도 회합 일정에 늦지는 않습니다. 우의장의 위치는 제가 찾을 테니, 수송대는 만약을 대비해야 합니다. 현 시간부로 지휘권은 삼당주께 맡깁니다."

"알겠소."

노르는 악운의 말에 따로 이의를 달지 않았다.

"방향을 틀어 하택을 통한 관도로 이동하겠소. 뭣들 하느냐! 소가주의 뜻에 따라 이동로를 변경한다!"

황급히 말머리를 돌린 노르는 이어서 함께 있는 야율초재에게 외쳤다.

"야율 당주는 소수의 호병과 함께 소가주를 뒤따르시오."

"알겠소."

악귀의
문신

"부탁하오."

노르는 믿음직한 야율초재를 악운의 곁에 남기면서도 마음에 내키지 않았다.

하지만 이건 소가주의 결정.

노르는 떨어지지 않는 발걸음을 애써 이를 악다물며 돌렸다.

싸늘한 겨울바람이 장내를 휘감고 있었다.

‎ ‎

야율초재.

 -이름을 왜, 그렇게 지은 게요? 재수 없게끔.

 -대체 혈교 교주의 이름과 어째서 동일하게 지은 것이오? 희한한 일이군.

살면서 가장 많이 들어 본 말이다.

하지만, 괜찮았다.

부모님이 남겨 준 이름이었으니까.

혈교 교도였던 아버지는 최하급 묘마(妙魔) 출신이었고 교주를 경외하는 마음으로 자신에게 교주와 뜻은 다르나, 같은 이름을 붙였다.

불경한 일이었으나 일개 하급 무사의 자식 이름에 교주가 관심을 둘 리 없었다.

하지만 전쟁 중에 아버지가 따라간 무사 병력이 고립되는 일이 벌어졌다.

그날 아버지의 상급자로부터 어머니가 들은 이야기를 똑똑히 기억한다.

-어차피 버려지는 거 알았잖아? 너희같이 쓸모없는 묘마들이 죽어 나가는 것이 조금이라도 의미가 있으려면 유인책이라도 되어야지. 아닌가?

어머니는 그날부터 마음병을 앓다 돌아가셨다.

그분들은 늘, 교주가 천하를 구원하여 무릉도원으로 보내 줄 거라 믿었다.

순진하게도.

그로 인해 고아가 됐고, 천하를 떠돌아다니다 청랑검(淸狼劍)이란 별호까지 얻게 되는 청부 해결사가 됐다.

그 후 적(籍)을 두게 된 악가는 혈교와는 모든 것이 달랐다.

삶을 바칠 이유가 있는 곳이었다.

아니, 가문은 삶을 바치는 것을 결코 강요하지도 요구하지도 않았다.

그저 가솔들의 삶을 지켜 주기 위해 있었으며, 각 부처의 수장들이 솔선수범하며 뜻을 모았다.

그토록 찾던 보금자리였다.

그런데.

'꼴이 우습구나. 싸워야 하는데……. 소가주를 도와야 하는데…….'

야율 당주는 깊숙이 박혀 있는 검을 내려다보며, 입 밖으로 올라오는 피를 토해 냈다.

"쿨럭."

악운이 예상한 것처럼 적의 매복이 있었던 것이다.

숲속에는 피비린내가 가득했다.

함께 온 가솔들은 모두 죽어 버렸고, 악운에게 혈교의 무사들도 무참히 목숨을 잃었다.

이제 남은 건 단 두 사람뿐……

소가주와 그를 몰아붙이는 혈교 교주였다. 혈교 교주의 목적은 명확했다.

–네놈을 보러 왔다.

소가주의 목숨이었다.

'안 돼. 그건 안 된다…….'

야율 당주는 힘겹게 몸 안에 박혀 있는 검을 뽑아 들기 위해 이를 악물었다.

그동안 가문에 머물며 함께해 왔던 벗, 동료들이 스쳐 지나갔다.

소가주의 존재는 그들의 미래이자, 희망이었다.

여기서 그를 죽게 할 수는 없었다.

퍼퍼펑!

거센 장력에 악운은 제대로 호흡도 하지 못하고, 밀려나야 했다.

여유 따위는 없엇다.

분명 혈교와의 충돌은 분명 예상했던 상황이었다.

기회라고 생각했다.

철홍을 통해 들여다본 혈교는 새로운 교주의 폐관 수련 이후.

과거와 달리 결속력도, 조직 규모도 모두 약화되었다.

심지어 중요한 두 개 대대마저 얼마 전에 전멸했다.

오더라도 상대할 수 있는 전력이라고 판단했다.

그러나 철홍의 정보가 틀릴 줄은 예상 못 했다.

콰콰콰콰!

뒤쪽에 있던 수십 그루의 나무가 검력을 버티지 못하고 부러져 나가며, 악운의 무복이 순식간에 누더기가 됐다.

그러나 악운은 건재했다.

혼세양천공을 근간으로 한 일계의 기운들이 내상을 방어했고, 피부 위에는 한빙수룡환갑(寒氷水龍環鉀)이 보태진 호신강기가 완벽히 자리를 갖춘 덕분이다.

더불어, 묵룡의 성장으로 말미암아 악운은 최근에서야 태양진경의 북현무를 깨울 수 있었다. 혈(穴)을 의미하는 무공으로 나아갈 마지막 단추를 꿴 것이다.

"태양흑화기(太陽黑花氣)라……."

일부러 대치 상태에 이른 교주가 악운을 지키고 있는 검은 반점 형태의 호신강기를 알아봤다.

푸른 비늘 위에 덧대어진 호신강기는 마치 살아 있는 것처럼 악운의 온몸을 타고 유선형으로 흐르는 중이었다.

흑점 형태와 흡사한 호신강기가 공격이 날아올 때마다 유선형으로 이동하여 강기를 막아 내고 있는 것이다.

"그것을 먼 세월이 지났음에도 제대로 구사하는 자가 남아 있었던가?"

흥미로워하는 교주의 눈빛에는 여유로움마저 감돌고 있었다.

반면 악운은 의아했다.

'태양흑화기는 천휘성 시절 오로지, 이미 죽었다는 전대 교주에게만 사용했었다. 한데 어찌…….'

결코 현 교주인 야율광이 알아볼 수 있는 기공이 아니었던 것이다.

"야율광. 네가 그것을 어찌 알지?"

상황과 달리 담담한 악운의 반문에 야율광, 아니 야율광의 껍데기를 뒤집어쓴 야율초재의 눈빛 위로 점점 더, 강한 흥분이 일었다.

"내 아들의 얼굴을 마치 알고 있다는 듯이 언급하는구나. 마치 수없이 마주해 본 것처럼 말이야."

그 대답을 들은 순간.

고요하던 악운의 눈빛에 균열이 일었다.

'설마……'

악운은 단 한 번도 느낄 수 없었던 강렬한 혼란을 느꼈다.

그리고 다시 한번 제대로 야율광을 마주했다.

말투, 눈빛, 표정, 구사하는 마공의 연계.

그 모든 것이 부서진 조각들이 하나로써 이어지듯 악운의 머릿속에 누군가를 떠올리게 했다.

"야율초재!"

동시에 야율초재의 눈빛이 깊게 가라앉았다.

"네놈은 이 몸 역시, 알고 있는 것이로구나."

악운은 대답 대신 조용히 야율초재를 응시했다.

과거 방장 스님의 이야기가 스쳤다.

─이것이 있으면 그것이 있고, 이것이 생기기 때문에 그

것이 생긴다.

돌고 돌아 놈은 다시 자신의 앞에 나타난 것이다.

"큭……."

악운은 경악스러운 상황 속에서 이상하게 웃음이 나왔다.

'하긴, 나 역시 지옥에서 살아 돌아오지 않았나.'

어떤 방법을 사용했건.

야율초재의 부활은 충분히 가능한 일이었다.

철홍을 통해 얻은 정보는 그저 철홍이 바라보는 한정된 시각이었을 뿐이다.

모순과 혼돈으로 가득 찬 삶 속에서는 늘, 인간의 생각을 뛰어넘는 일들이 벌어진다.

야율초재가 물었다.

"어찌하여, 웃느냐?"

"아들의 껍데기를 취해 부활한 네놈의 행태가 우스워서, 그토록 네놈 발밑에 천하를 무릎 꿇리고 싶던가?"

"궁지에 몰린 쥐새끼치고는 오만하고, 여유롭구나. 가소로운지고."

악운은 오랜 세월 가슴 깊이 박혀 있던 한마디를 토해 냈다.

"그런가?"

악운의 반문을 들은 찰나.

야율초재의 붉은 입술이 좌우로 찢어지듯 벌어졌다.

"네놈······."

악운이 그랬듯 야율초재 역시 필생의 적수를 다시 마주한 것을 이제야 깨달은 것이다.

"네놈이로구나. 으하하하! 네놈이었어!"

야율초재의 파괴적이고 강렬한 존재감이 광기 실린 웃음 속에 깃들어 사방에 퍼져 나갔다.

"크으하하하!"

한 손으로 얼굴을 덮은 채 광소를 터트리는 야율초재의 웃음소리에는 기쁨이 가득했다.

"처음으로 하늘에 감사한다."

"······."

"네놈을 다시 짓밟고, 또 짓밟아 다시 절망에 찬 네 모습을 마주할 수 있게 도왔지 않으냐!"

애초에 야율초재가 수행원만을 데려온 것은 정파의 분열을 가속화시키기 위해서였다. 악가가 가진 금정회의 증좌들은 맹으로 향해 봤자, 혈교에 하등 도움이 될 물건들이 아니었으니까. 물론 덤으로 정파의 미래라는 악가의 소가주도 죽일 작정이었다.

한데······ 예상치 못하게 오랜 숙명을 마주했다.

"이런 기쁜 일이 있나."

야율초재가 쥐고 있던 혈룡검(血龍劍)을 악운에게 겨눴다.

"자, 제대로 놀아 보자, 천휘성이여. 네놈이 사력을 다해 싸울 명분은 이거면 충분하겠지."

야율초재가 손을 뻗자, 풀숲 어디선가 숨겨져 있던 한 구의 시신이 야율초재 앞에 둥실 날아올랐다.

끊어진 팔, 파인 두 눈.

말로 표현하기조차 힘든 참혹한 몰골.

악운은 심장이 끊어질 것 같은 고통을 느꼈다.

다름 아닌 그는 악운이 찾아 헤매던 금벽산이었다.

"감히…… 네놈이……."

악운은 휘몰아치는 분노를 온몸의 기세로 전환했다. 적당한 흥분만이 일전에 도움이 될 뿐, 과한 흥분은 오히려 패배를 앞당긴다.

아직 현경에 오르지 않은 힘으로 놈을 상대하려면 어느 때보다 침착해야 했다.

사아아아악!

야율초재가 희열 가득한 눈빛으로 전력을 일으켰다.

그건 과거 그의 전성기와 크게 다르지 않은 강력하고, 막강한 기세였다.

쿠쿠쿠쿠!

땅을 울리며 쇄도한 야율초재의 검이 수라혈천기를 일으켰다.

번쩍!

붉고 선명한 기의 와류(渦流)가 천지를 가득 메우며, 탈마
(脫魔)의 위용을 일으켰다.

쿠아아앙! 퍼퍼퍼펑!

야율초재가 일으킨 수백의 붉은 강기가 악운의 모든 진로
를 봉쇄했다.

악운은 한 사람과 싸우는 게 아니었다.

오랜 시간 전승되어 온 혈교의 역대 교주들의 힘과 그들이
복속시킨 수많은 세력들의 유산이 야율초재의 일격에 깃들
었다.

콰지지짓!

검을 부딪쳐 가던 야율초재가 빠르게 이기어검을 펼쳤다.

손을 벗어난 검이 그의 의지를 담아 혈천마령검(血天魔靈劍)
을 펼쳤다.

붉은 벼락이 악운을 뒤덮은 찰나.

번쩍!

주작을 쥔 악운의 허리에서 흑룡아가 피어올랐다.

솟아오른 흑룡아의 검력이 혈룡검을 위로 튕겨 내며, 밀려
든 강기들을 무력화시켰다. 숨 막힐 듯한 팽팽한 공수가 연
달아 펼쳐졌다.

그러자 야율초재의 쌍장이 뻗혔다.

콰콰콰콰!

좌수에 북해빙공의 빙백신장이, 우수에 남월야수문의 독

장이 일었다.

악운의 눈이 사납게 번뜩였다.

'이날을 기다렸다.'

악운 안의 일계가 일제히 각자의 자리에서 웅혼한 내공을 발산하며, 주작이 악운의 손에서 날아올랐다.

사아아악!

흑룡아와 주작이 좌우로 교차하듯 솟아올라, 혈룡검이 펼치는 수백 종의 마공에 맞서는 찰나.

수발이 자유로워진 악운의 양손에서 야율초재 못지않은 수왕의 빙장(氷掌)과 묵룡이 화했다.

그오오오! 쏴아아아!

거대한 기운의 충돌에 거대한 기의 용권풍이 그들의 주변으로 휘몰아쳤다.

수십 개의 잔영들이 충돌했다 떨어지기를 반복했다.

팽팽한 겨룸이 이어지던 찰나.

야율초재가 광기 가득한 눈빛으로 외쳤다.

"그래, 전보다 좀 낫구나. 아주 나아! 하지만 잊은 게 있지 않으냐! 더 울부짖으며, 너의 무기력함을 되새기거라, 천휘성."

눈 깜작할 새 야율초재의 손끝에서 붉은 지풍이 피어올랐다.

혈화지(血火指).

쐐애애액!

그 지풍이 향한 곳은 죽어 가는 야율 당주였다.

놈은 격전 속에서도 지풍을 시전할 여유가 있었던 것이다.

동시에 악운은 놈의 손에 죽어 가던 수많은 형제와 벗들이 스쳐 지나갔다.

이미 금벽산을 잃었다.

또다시, 그마저 잃을 수는 없었다.

하지만……

'이미 한계야.'

현경에 오른 놈의 혈룡검은 점점 더 그 기세를 더해 가며, 주작과 흑룡아의 기세를 짓눌렀다.

심의일체의 수준이 현경에 오른 놈을 따라잡지 못하고 있는 것이다.

으드드득!

악운은 이가 부러질 듯 앙다물었다.

분명, 과거와는 다르다. 완전무결에 집착하여 놈의 그림자를 쫓던 그때와는 달랐다.

역천의 마공도 만물의 힘을 빌린다.

각 무공의 본의를 이해한 악운은 이제 놈의 모든 마공이 가진 흐름이 느껴지고, 손에 잡힐 듯 가깝게 느껴졌다.

그저 수라혈천기로 모든 무공을 흡수하고, 분리하고 개량하는 놈과는 달리 각 무공을 온전히 받아들여 진정한 의미의

하나가 되었다.

이제 확실해졌다.

만물의 순리에 가까운 건 이쪽이었다.

'시간이 조금만 더 있었다면!'

하나, 이 싸움을 유지할 힘이 부족했다.

고작해야 '목어병(目馭兵)'의 경지에 올라 있는 자신과 달리, 놈은 심어병(心馭兵)에 도달할 만큼 심의가 강했다.

'넘어서야 해. 그래야 그를 살릴 수 있어!'

이것을 일으킬 적절한 때인지 더 이상 고민하고, 생각할 겨를 따위는 없었다.

혈(穴)을 의미하는 신공이며, 팔방의 마지막 조각 '간(艮)과 곤(坤)'을 깨울 '그것'을!

꿈

언젠가 사부에게 물어본 적이 있다.

  -태양진경의 궁극에 도달하면 무엇이 됩니까?

  -몰라. 되어 봐야 알지. 하나 궁극은 몰라도 태양진경의 끝자락에 무엇을 배우는지는 알려 주마.

  -예.

  -넌, 혈(穴)이 열릴 거야.

−혈이요?

−백호의 신속, 주작의 광통, 청룡의 정화(淨火), 현무의 영호(影護)에 이르렀다면 혈(穴)이 열리는 때를 자연히 알게 될 거야.

−그럼 어찌 됩니까?

−흐르는 기가 통과하는 수많은 혈이 네 몸에 열리고, 그 모든 것이 하나의 것으로 연결될 거야. 네 영혼과 육신이 가장 뜨겁고, 강렬하게 존재감을 보이겠지. 그것이······.

태양진경의 마지막 편.

태양무한단(太陽無限丹).

'탄생의 태양이 대지를 일으키고, 산을 세우니. 이제 내 영혼은 모든 빛을 퍼트리고, 육신은 모든 그림자를 삼키는 태양정의 길을 걷는다······.'

눈을 반개한 악운의 전신에서 방금 전과는 비교도 되지 않는 거대하고, 강렬한 기운이 퍼져 나왔다.

구구구구.

태양진경의 마지막 편은 무공이 아니었다.

태양정의 시작점을 열기 위한 다리였다.

태양무한단의 구결은 태양진경 안의 모든 것을 증폭시키고, 성하게 존재할 수 있게 돕는다.

더 낫게, 더 귀하게.

태양정의 기운을 품었던 혼세양천공이 그에 호응하여 강력한 기운을 일으키고, 그 기운이 온몸에 퍼져 일계(一界)를 완성시켰다.

마침내.

우(宇)의 경지로 나아가기 시작한 것이다.

흘려 내는 기파에 대지가 진동하고, 모든 것을 태울 것 같은 강렬한 파괴력이 휘몰아친 이 순간.

사아아아악!

눈을 번쩍 뜬 악운이 사력을 다해 야율 당주를 향해 움직였다.

아직 '때'가 아니었다.

혼세양천공은 조금 더 준비가 필요했다.

분명 무리였다.

하지만 그럼에도 태양무한단을 깨워야만 했다.

살리고, 지킬 수 없으면.

'아무 의미 없어.'

뒤따라 혈화지를 쫓던 악운을 향해 붉은 기류의 그림자가 막아섰다.

"어림없느니라."

어느새 악운의 전면을 가득 메운 야율초재의 손에는 반투명한 흑염(黑炎) 기류가 검의 형태로 치솟아 있었다.

"심검이니라. 유희는 끝났다."

현경에 오른 자의 권위, 마음으로 일궈 낸 심검(心劍).

이제껏 상대한 그 어떤 일격보다 더 막대하고, 강력한 벽이 악운의 앞을 가로막았다.

"무력해져라."

내리그어지는 심검을 마주한 그때였다.

구아아아앙!

어느새, 악운의 손에도 서기(瑞氣)로 물든 창이 쥐였다.

야율초재의 눈빛이 처음으로 미세하게 흔들렸다.

'단숨에 심어검을 넘어서서, 심검에 이른 나와 동수에 이르렀단 것이냐?'

산을 가를 수 있는 막강한 일격이 서로를 향했다.

콰지지짓!

하지만, 야율초재는 섬뜩하게 웃었다.

"결국 네놈은 아무것도 지키지 못했다. 그때도, 지금도."

야율초재의 진짜 싸움은 악운의 무기력함을 증명하는 것이었다. 승리를 자신한 야율초재가 악운과 눈을 마주했다.

한데, 뭔가 이상했다.

악운의 눈에는 그 어떤 무기력함도 보이지 않았다.

사나운 청염의 광채만이 흐를 뿐.

"내 진짜 목표는 네놈이 아니었어."

"뭐라?"

반문하는 야율초재에게 악운이 이를 갈았다.

천휘성을 넘어서기 위한 노력은 결코 허사가 아니었다.

"나였다."

그 찰나.

구아아앙! 콰지지짓!

혈화지와 충돌한 묵룡이 무형의 투명함을 깨고, 사납게 휘몰아쳤다.

이어서 묵룡의 독기 안에서 '계홍정(鷄紅釘)'이 뿔처럼 솟아올라 혈화지를 산산이 분쇄했다.

"감히…… 네놈이……."

야율초재의 눈빛이 노기로 돌변했다.

하나, 악운은 거침이 없었다.

"소림."

악운이 쥔 심창(心槍)이 심검(心劍)으로 변형되며, 달마삼검(達磨三劍)을 펼쳐 냈다.

처음으로 야율초재가 걸음을 주춤거리는 찰나.

악운의 움직임이 다시 변화했다.

"화산."

그의 형제, 진휴가 남긴 매화태형검(梅花太形劍)이 굳건한 기상을 드러냈다.

타타타탁.

물러나는 야율초재의 걸음이 훨씬 많아졌다.

그 기세를 보태 악운의 검이 또 한 번 허공을 가득 메웠다.

"곤륜!"

유려하나 고고한 검세가 저항하기 힘든 위엄이 되어 야율 초재를 강하게 짓눌렀다.

진풍도장을 통해 얻은 심득은 곤륜의 검학을 완벽히, 이해 하고 받아들였다.

쿠아아앙!

그리고 다시 쥐인 선명한 뇌공의 형태.

"……이건 죽은 진명의 몫이다."

나직한 악운의 음성과 함께 악운의 창신합일(槍身合一)이 일 었다.

어둠을 꿰뚫는 섬전.

암천광영창(暗天光榮槍)이 심검의 힘을 품고, 야율초재의 권 역을 가로질렀다.

번쩍!

엄청난 광휘가 두 사람을 휘어 감싼 건 그야말로 찰나였 다.

❧

투둑―.

야율초재는 손끝을 타고 흐르는 핏방울을 내려다봤다.

악운의 심창에 꿰뚫려 처참히 망가진 좌수가 보였다.

하지만 되레 야율초재는 낮게 웃음 지었다.

"큭…… 제법이구나. 아주 제법이야. 하나, 하늘의 운명 역시 네게는 가혹한 모양이다."

어느새 야율초재의 심장을 가로막고 선 건, 주작과 흑룡아에 의해 허공에서 충돌하고 있었던 혈룡검이었다.

운이 좋게 주작과 흑룡아가 힘을 잃고 떨어지자, 혈룡검이 다시 회수되어 악운의 일격을 막아 낼 수 있었던 것이다.

츠츠츠.

악운이 힘이 빠진 것을 의미하듯, 야율초재의 어깨 너머로 힘의 원천을 잃은 묵룡이 다시 자취를 감췄다.

악운은 거친 숨을 몰아쉬며, 이를 갈았다.

으드득.

모든 것을 던져 혼신을 다했다.

그 반작용으로 이미 온몸이 부서질 것 같았다.

한 걸음이라도 더 떼면 정신을 잃을 거 같다.

영혼의 힘도, 체력도 모두 소진했다.

그런데…….

'부족했어.'

현경을 오르기 위한 완벽한 때가 아니었기에, 이 힘을 유지할 수 있는 심의(心意)가 유지되지 못했다.

심의가 부족하니 더 이상 이기어검과 이기어창을 동시에 운용할 수 없었고, 그 결과는 분명했다.

더 노력했어야 했고, 더 서둘렀어야 했다.

야율초재의 눈에 희열이 감돌았다.

"이제 내 차례로구나."

혈룡검을 쥔 야율초재는 이번에야말로 완벽히 악운의 목을 베리라 확신했다.

얼마나 기다려 온 순간인가.

"나를 갈망해 온 네놈을 부러트리는 것은 오로지 나여야만 했다. 그것은 누구에게도 양보할 수 없는 것이었지. 이제야 내 뜻이 이뤄지는구나. 네놈을 죽여야 내 존재가 더 번성하리라."

태양과 달, 음과 양, 멸망과 평화, 그 모든 대조적인 것들 사이에 악운과 자신이 있었다.

"……아직, 안 끝……났……."

악운은 천천히 눈을 치켜떴다.

죽는 순간까지 포기할 수는 없었다.

긍지, 집념, 기개(氣槪).

악운은 그 모든 것을 담아 어느 때보다 손이 움직여 주기를 갈망했다.

"애석하구나. 필생 동안 싸워 온 적의 끝이라……."

하지만, 떨어지는 혈룡검은 잔인하리만치 빨랐다.

쌔애액!

남은 건 악운의 온몸이 양단되는 것뿐이었다.

검을 내리치며, 야율초재는 피투성이가 되어 곤죽이 되는 것을 상상했다.

마침내, 희열의 끝자락.

콰악!

야율초재의 얼굴에 피가 튀었다.

하지만 혈룡검이 떨어진 직후 펼쳐진 풍경은 기대와 다른 것이었다.

악운은 조금의 주저함도 없이 뛰어든 야율 당주를 마주했다.

야율 당주는 혈룡검에 의해 등이 양단됐음에도 끌어안은 악운을 꽉 쥐고 있었다.

"쿨럭…… 소가주…… ."

"야율 당주…… ."

악운의 눈동자가 세차게 떨렸다.

"저는…… 저는 괜찮습니다. 소가주의 탓이…… 당신의 탓이 아닙니다."

악운은 어찌할 바를 몰랐다.

눈물이 차오른 악운의 눈을 보며, 야율 당주가 피 묻은 손으로 그의 뺨을 감쌌다.

"부…… 부디, 반…… 반드시…… 살아 주십시오. 살아서…… 가……문의 미래를 지켜…… 주십……시오."

"그러지 말았어야 했소. 그러지 말았어야…… ."

"그…… 그랬어야…… 했습니다. 소…… 소가주의 소……
소임이 있듯 가…… 가솔에게도…….."

야율 당주가 피 묻은 이를 드러내며, 환하게 웃음 지었다.

"소…… 소가주를 지킬…… 소임이…… 있지요."

중요한 시점에 방해받은 야율초재가 노성을 터트렸다.

"버러지 같은 놈이 신성한 순간을 방해하는구나!"

분노한 야율초재는 단숨에 야율 당주의 머리채를 휘어잡
아 그를 잡아 들었다.

"네놈의 사지를 고통스럽게 잘라 그 영혼까지 갈가리 찢어
주마."

야율 당주의 눈빛이 깊게 가라앉았다.

"내…… 이름은 야율초재. 나…… 나는…… 악가의 가
솔……. 네놈이…… 소……가주에게 다가갈 수 없게 할 것이
다."

동시에 야율 당주는 소매에 감추고 있던 계홍정을 조금의
거리낌도 없이 야율초재의 몸에 박아 넣었다.

묵룡이 사라지며 떨어트린 계홍정을 회수했던 것이다.

콰악!

피가 튀어 오르며, 야율초재가 눈을 부릅떴다.

불가능한 일이 벌어진 것이다.

놀랍게도 계홍정은 야율초재의 가슴 깊숙이 파고든 채 빛
나고 있었다.

야율초재는 의아해졌다.

'어찌……?'

상대의 기습과 동시에 반사적으로 일어났어야 할 혈룡린
(血龍鱗) 즉, 호신강기가 조금도 발동하지 않은 것이다.

믿기지 않는 현실에 혼란스러워하던 그때.

푸스스.

강렬한 고통이 야율초재의 영혼을 두드렸다.

'이…… 이건…….'

그건 대법을 통해 억지로 합일한 영혼의 균열이었다.

야율초재의 힘이 약해지자 본래 영혼의 주인이었던 야율
광의 영혼이 내부에서 날뛰기 시작한 것이다.

이대로 놔둔다면 육신이 소멸할 게 분명했다.

'이놈이……!'

야율초재는 박혀 있는 계홍정을 단숨에 뽑아 들어 바닥에
내던지고는 지혈을 위해 빠르게 점혈을 짚었다.

한데 그게 끝이 아니었다.

계홍정에 묻어 있던 묵룡의 파괴적인 독기가 그의 모든 기
혈을 타고 빠르게 퍼져 나갔다.

제아무리 남월의 독을 지배한 야율초재라 하더라도 견디
기 힘든 최강의 독기였다.

"으드드득……."

야율초재는 이가 부딪칠 정도로 강한 오한과 통증을 느끼

며, 쥐고 있던 야율 당주를 바닥에 내팽개쳤다.

쿠당탕탕!

하지만 그것이 야율초재가 할 수 있는 최선의 움직임이었
다.

야율초재는 더 이상 쥐고 있는 혈룡검을 제대로 휘두를 수
도 없는 처지였다.

더구나 아직 눈을 부릅뜨고 있는 악운이 얼마나 더 힘이
남아 있는지 알 수 없는 상황이며, 환경이 좋지 못했다.

이곳은 엄연히 정파의 영역이자 적진.

그저 혈룡검을 회수하고 모든 전력을 다해 이곳을 빠져나
가는 것이 야율초재가 할 수 있는 마지막 최선이었다.

야율초재는 어쩔 수 없이 자리를 뜨기로 결정했다.

"……이것이 끝이 아니다, 천휘성."

야율초재는 비틀거리는 몸을 돌리더니 서둘러 더 깊은 숲
속으로 이동했다.

악운은 사라져 가는 그의 그림자를 노려보며 몸을 움직이
기 위해 사력을 다했다.

'안 돼. 놈을 잡아야……! 놈을…….'

의지는 강했지만 생각과 달리 몸은 조금도 말을 듣지 않고
고, 오히려 의식이 점점 희미해져만 갔다.

하지만 악운은 야율초재가 완벽히 시야에서 사라질 때까
지 눈을 부릅뜨고 자리를 지켰다.

혼절에 이를 때까지, 그렇게.

현세에서 일어난 또 한 번의 양패구상(兩敗俱傷).

하나 야율초재는 도망을 택했고 악운은 제자리를 지켰다.

그건 후일, 두 사람에게 전혀 다른 의미로 작용했다.

⚜

섬서성 한중의 작은 과일 점포.

평범한 민가로 위장한 혈교의 작은 안가(安家)였다.

이곳에 누군가가 발을 들였다.

역용술을 사용하여 섬서에 도착한 전대 요마궁주, 사희였다.

"교주께서는 어떠하신가?"

교도가 고개를 넙죽 숙이며 말했다.

묘마 출신인 교도에게 있어 현재 혈명회의 실권자인 사희는 말을 걸기조차 힘든 상대였다.

"아, 아직 모르겠습니다. 당도하시자마자 말없이 폐관에 드셨습니다. 송구합니다."

"외상은 깊으시던가?"

"다행히 외상은 깊지 않으셨습니다. 하지만 무척 고통스러워하셨습니다."

동시에 사희는 함께 온 심마궁(審魔宮)의 궁주이자 명의인 이각을 쳐다봤다.

천휘성에 의해 궤멸한 귀약문(貴藥門)의 후예인 이각은 평생 정파에 이를 갈며 살아온 인물이기도 했다.

"우선 폐관에서 나오시면 상세를 살펴봐야겠습니다."

"그래야겠군."

"그보다…… 놈들은 어찌 됐는지요."

"궁주가 알아보는 중일세."

"도통 이해할 수가 없습니다. 역적 철태진과 그를 따르던 일부 반란 세력을 단신으로 제압하실 만큼 강한 분이 교주님이십니다."

사희는 조용히 고개를 끄덕였다.

이각의 말대로 야율초재의 믿기지 않는 부활은 혈교에 또 한 번 피바람을 불러왔다.

야율초재의 절대적인 힘을 필두로 그간 철태진에게 반심을 품어 왔던 사희와 일부 혈명회 인사들이 다시금 커다란 내부 혈난을 일으킨 것이다.

이번 내전으로 인해 혈명회의 전력이 크게 줄었다.

혈명회의 인사 중 팔 할이 사망했고, 오대마궁 중 비련궁(備練宮)의 주요 인사들이 궤멸했다.

하지만.

혈랑궁과 요마궁을 주축으로 교는 개편됐다.

오래전 팔 할의 세력을 잃고 난 후로 재건에 노력을 기울였던 북해빙궁, 비타채, 남월야수문을 내전의 주요 세력으로 앞세운 것이다.

그것이 문제였다.

"……외전은 오랜 세월이 지났음에도 아직 교에 대해 충성심을 의심받는 자들입니다. 교주님의 강한 힘이 없다면 또다시 독립을 계획할 테지요. 남은 내전의 힘만으로는 놈들을 완벽히 통제할 수 없습니다."

"흐음, 투전궁과 흑마궁을 잃은 것이 너무 크게 느껴지는구먼."

본래 흑마궁은 교주의 곁에서 책사 역할을 하던 집단이었고 투전궁은 교주의 신변을 지근에서 지키던 호위대 역할을 했다.

하나 철태진이 실권을 잡은 후에 정예 고수들은 모두 정파와 평화를 유지할 임무에 배치되었고, 수치스럽게도 악가에 의해 궤멸된 것이다.

이각이 눈을 빛냈다.

"이대로 교주님이 놈을 제거하지 못했다는 것이 알려지고, 심지어 큰 내상까지 입으셨다는 것이 외원 놈들에게 알려지게 된다면…… 놈들은 분명 연합하여 독립을 꾀하려 들 것입니다."

"해서?"

"놈들의 힘을 외부로 돌려야 합니다. 어차피 교주께서 다시 회복하시면 놈들은 두려움에 쉬이 움직이지도 못할 테지요. 그 전에 금정회와 외원 세력을 합세하도록 만들어 정파 놈들과 충돌시켜야 합니다."

"외부의 적을 활용해 내부의 적을 정리한다?"

"예, 아주 효율적인 방안이지요."

"그들이 우리 뜻대로 움직이겠는가?"

"교주께서 부활하셨다는 것은 놈들 역시 눈으로 확인하였습니다. 두려워서라도 따를 것입니다. 그 전까지는 교주님을 이곳에 모시고 있어야 합니다. 물론 선배께서 비밀이 새어 나가지 않게 사력을 다하셔야겠지요."

고심하던 그녀는 결국 무겁게 고개를 끄덕였다.

"별다른 묘책이 없군. 그리하세."

"전 이곳에 머물며 교주님의 상세를 살피겠습니다. 공식적으로 저는 외부에 나오지 않은 것입니다. 제 얼굴로 꾸민 인피면구를 뒤집어쓴 제 수하가 계속 제 행세를 할 수 있게 도와주십시오."

"이를 말인가. 그럼 교주님을 부탁함세."

"예."

이각의 비장한 대답을 들은 사희가 그제야 안심하고 장내를 떠났다.

천하는 이미 격동하고 있었다.

쾅!

백훈이 보정각의 문을 박차고 황급히 성 각주를 찾았다.

"성 각주님!"

벌써 상황을 전해 들은 듯 성 각주는 미리 의원 복장으로 환복해 있었다.

"알고 있다. 의방으로 옮길 것이니 따르거라!"

"예!"

대답한 백훈의 곁으로 서태량과 유예린이 각자 피투성이가 된 가솔을 안고 성 각주의 뒤를 따라 나섰다.

타다다닥.

뒤이어 그들이 이동한 방 안에는 이미 침을 비롯해 치료하기 위해 소독된 칼들이 전부 구비되어 있었다.

"어서 눕히거라!"

"예!"

성 의원은 빠른 속도로 세 사람을 방에 눕히게 하고, 우두커니 서 있는 백훈을 향해 소리쳤다.

"뭐 하느냐! 안 나가고!"

백훈이 새빨갛게 충혈된 눈으로 대답했다.

"곁에 있겠습니다."

"그만 나가요, 백 대주. 우린 각주님께 방해밖에 안 돼요."

으드득!

"나는…… 나는……!"

백훈이 마주한 유예린의 눈을 보며 이를 악물었다.

"알아요, 무슨 마음인지. 하지만 지금은 백 대주의 마음보다 모두의 상세를 살피는 게 더 중요해요. 알잖아요."

유예린이 떨리는 백훈의 손을 잡아 주며 말하자, 곁에 있던 서태량도 소매로 눈물을 훔치며 덧붙였다.

"말 들으시오, 대주. 그게 우리가 지금 해야 할 일이니까."

결국 백훈은 입술을 꾹 다문 채 성 각주에게 고개를 숙였다.

"부탁드립니다. 반드시…… 살려 주십시오."

치료를 위해 등진 성 각주가 까랑까랑한 음성으로 소리쳤다.

"네놈이 그리 말 안 해도 내 제자 살리는 일은 물 불 안 가려! 이놈아, 걱정 말고 당장 나가!"

"자, 나가시지요."

보정각의 가솔들이 쉬이 발걸음을 떼지 못하는 세 사람을 안내하여 밖으로 이동하게 했다.

❧

백훈이 도착했다는 소식이 들리자마자, 악정호를 비롯한

수많은 가솔들이 보정각으로 몰려들었다.

보정각 인원뿐만이 아니었다.

어떻게 소식을 들었는지 제녕 땅의 수많은 백성들이 만익 전장 장원으로 구름처럼 몰려들었다.

"소가주님! 쾌차하셔야 합니다!"

"흑흑, 안 돼요! 돌아가시면 안 됩니다!"

장원 밖에 선 엽보원의 위사(衛士)들 역시 슬픈 표정을 지으며 장원 밖에서 울부짖는 제녕 주민들을 바라봤다.

제녕 주민들에게는 제녕을 통째로 변화시키고, 새로운 삶을 살게 도운 악운은 곁을 지키는 수호신 같은 존재였다.

제녕 주민들의 슬픔은 당연한 일이었다.

✤

덜덜.

잘게 떠는 의지의 손을 악정호가 쥐어 줬다.

"별일 없을 게야. 울지 말거라."

"아버지…… 오라버니가…… 대체 오라버니가 어떻게……."

"악가휘명대가 상황을 알아보기 위해 떠났다. 조만간 어느 정도 진상의 실마리를 확인하고 올 게야."

"흑……!"

의지는 쥐고 있던 악정호의 손을 내려놓고 그 자리에 주저

앉았다.

예랑이 악정호보다 빨리 다가와 의지 앞에 한쪽 무릎을 꿇고 눈을 맞췄다.

"괜찮아요?"

"나는…… 괜찮아."

악정호가 기특한 예랑의 머리를 쓰다듬으며 말했다.

"벌써 이리 의젓해졌구나."

"아닙니다. 저 역시 안간힘을 다해 참고 있는걸요…….."

고개 숙인 예랑의 눈가에서 눈물이 후두둑 떨어져 내렸다.

예랑도 흐르는 눈물을 애써 참고 있었던 것이다.

스륵.

다시 소매를 훔친 예랑이 고개를 들며 말했다.

"누나…… 아니, 공녀는 염려 마십시오. 제가 곁에 있겠습니다."

"고맙구나."

예랑의 의젓한 모습이 기특하여 미소 짓기는 했지만, 악정호 역시 무거운 표정을 감출 수는 없었다.

"의지야, 너무 염려 말거라. 다들 별일 없을 게야. 치료가 끝나면 말해 줄 테니 네 처소에 돌아가 있거라."

"아니에요."

의지는 애써 계속 흘러내리는 눈물을 훔친 후 다시 자리에서 일어났다.

"더는 응석 부릴 생각 없어요. 눈물도 참을 테니 멀리서라도 오라버니 곁에 있게 해 주세요."

악정호는 깊게 한숨을 쉬었다.

하얗게 질린 안색이 걱정되어 물러가라고 한 것이었지만, 눈빛을 보니 그 말을 들을 생각이 없어 보였다.

"그래, 알았다. 그리하려무나."

의지가 곁에 남는 것을 허락한 악정호가 고개를 돌린 그때였다.

악운을 눕히고 빠져나온 세 사람이 악정호 앞으로 다가와 부복했다.

"가주님…… 송구합니다."

"비보를 전해 드려 송구합니다."

"용서하십시오."

악정호는 쉽게 고개를 들지 못하는 세 사람을 보며 고개를 저었다.

"그대들이 내게 송구하거나 용서를 빌 이유는 아무 것도 없소."

백훈이 자책했다.

"소신이 곁에 있었어야 했습니다."

"아니요, 운이가 부상을 입고 쓰러질 만큼의 상대였다면 현실적으로 우리 중 누구도 쉬이 상대할 수 있는 상대가 아니었을 것이오."

"하오나……."

"자책은 그만두시오. 자책보다는 현 상황에 집중하는 편이 옳소."

이 순간 악정호는 종종 운이와 했던 대화들을 떠올리며 혼란스럽고도 슬픈 마음을 감췄다.

-틀려도, 실패하셔도 괜찮아요.

-아버지만 저희를, 가문을 지탱해야 하는 건 아니에요. 저와 가솔들에게도 여길 지킬 책임과 의무가 있어요.

운이가 했던 말들은 옳았고 운이는 그 뜻 그대로 최선을 다해 가문의 일에 나섰다.

그렇기에 악정호는 단단히 마음을 굳혔다.

운이가 그래 왔듯 자신 역시 가주로서, 산동악가의 일원으로서 맡은 바 소임을 다해야 했다.

그러니.

혼란스럽고 두려워하는 가솔들에게 흔들리지 않는 단단한 울타리가 되어 말해 주는 것이다.

모든 게 괜찮을 거라고.

악정호는 담담히 백훈에게 물었다.

"곁에서 본 운이는 어떠했소?"

"피가 많이 났습니다. 전신에는 검흔으로 가득했고, 온몸이 피로 얼룩져 있었습니다. 내상은 제대로 확인하지 못했습니다. 점혈로 지혈이 되자마자 제녕으로 달렸습니다."

"우의장과 야율 당주는?"

"야율 당주는 검상이 너무 깊어 이미……."

쉽게 말을 잇지 못하는 서태량과 함께 유예린 역시 어렵게 말문을 열었다.

"우의장은 의수로 이었던 팔이 끊어져 있었고 두 눈이……."

악정호는 아찔한 듯 눈을 지그시 감았다.

"그만하면 됐소."

노르가 보낸 인편을 통해 듣게 된 비보(悲報)는 그야말로 제녕을 충격으로 몰아넣기에 충분했다.

하지만 악정호는 이 모든 것을 견디고 극복해야만 했다.

"총경리는 들으시오."

"예, 가주님."

유준이 흔들리는 눈빛으로 악정호 앞에 부복했다.

"……알겠지만 우린 이 상황과 별개로 계속 많은 일을 극복해 나가야 하오. 이미 이 일의 조사를 위해 백홍휴 대주를 파견했고 부상자들을 이송했소. 남은 건 치료를 기다리는 일뿐이니, 이제 우리가 할 일은 각자 맡은 바 소임을 계속 이어 가는 것이오."

악정호는 한데 모인 각 부처의 수장들과 가솔들을 돌아보았다.

"모두 같은 마음일 것이오. 분노와 슬픔, 자책 어린 마음이 들겠지. 하지만 운이가 무엇을 이루고자 했는지 다들 되새겨 보시오."

호사량이 날카롭게 눈을 빛내며 대답했다.

"맹의 재건입니다."

"맞소. 현재 노르 삼당주는 그 뜻을 이어 선발대로서의 역할을 끝까지 수행하고 있소. 맹으로 향할 운송대를 충실히 이끌고 나아가고 있다는 소리요. 그러니 백훈 대주와 사마 각주는 본래의 소임대로 맹으로 향할 만반의 태세를 갖추도록 하고 다른 수장들도 모두 각자의 자리를 지키시오. 그것이……."

악정호가 근엄한 눈빛으로 장내를 휘감았다.

"운이가 바라는 일일 것이오."

악정호는 그 말을 끝으로 악운이 누워 있는 의방을 응시했다.

'운아, 뒷일은 아비가 하마.'

🦋

매화로 수놓인 산이었다.

멀찍이 화산의 연화봉 중턱에는 자연과 어우러진 도관들이 보였지만 나머지 네 개 봉우리에는 가을의 정취만이 내려

앉아 있었다.

세간에서는 연화봉이 으뜸이라 하지만…….

화산에 자주 오른 자들은 안다.

서악을 대표하는 다섯 개의 봉우리 중에서 가장 그 절경이 으뜸인 곳은 연화봉이 아닌 화산의 신목(神木)이 있던 운대봉이라는 것을.

전생의 천휘성은 종종 그 신목 곁에 앉아 하염없이 산 아래를 내려다보고는 했다.

"형님, 여기서 뭐 하시오?"

"아우인가?"

"웃차."

천휘성은 곁에 앉는 상청검제 진휴를 보며 물었다.

"아우가 살아 있는 것을 보니…… 이것은 꿈인가?"

진휴가 대답 대신 갖고 있던 술을 따른 술잔을 내밀었다.

"드시오."

나무 술잔을 받아 든 천휘성은 찰랑이는 술이 붉게 물들어 있는 것이 보였다.

"술이 발효된 것이라 보기에는 이상하리만치 붉군그래."

"우리의 노고가 섞였잖소. 희노애락이 담겼으니 피처럼 진하고 붉을 만도 하지. 하하."

"그런가…….'

천휘성은 슬픈 눈으로 진휴가 건넨 술잔을 들이켰다.

첫 맛은 지독하게 썼으나 음미할수록 끝이 달큼한 향이 풍겼다.

좋은 술이었다.

"좋은 술이군. 이것이 그때 내게 말했던 마지막으로 묻어 둔 술인가?"

"하하, 좋은 술을 알아보는 미각은 여전하신 모양이구려. 물론 몇 잔 못 마시고 금방 고주망태가 되긴 하시지만."

웃고 있는 진휴를 보며 천휘성이 씁쓸하게 자조했다.

"청명 그 아이는 화산을 다시 잘 이끌고 있더군. 직접 보지는 못했지만 잘못된 선택을 고치려는 듯이 보여."

"심성이 착하여 단호한 결단이 늘 부족하던 제자였소. 하나 이제라도 결심이 섰다면 누구보다 화산을 나은 길로 이끌 재목이라오. 그보다…… 언제쯤 자책을 관두실 게요?"

진휴의 타박에 천휘성은 씁쓸하게 미소 지었다.

"그랬던가? 이번에도 혈마에게 닿지 못한 것이 아쉬워서인지도. 이번에도 내 사람들을 지키지 못했어. 눈앞에서 놓쳐버렸지. 놈을……."

"그래서, 포기하실 것이오?"

진휴의 반문에 천휘성은 고개를 저었다.

"그럴 리가……. 이제 와 그럴 것이었다면 지금까지 오지도 않았겠지. 단지 내 사람들을 지키지 못한 것이 한스러울 뿐."

"아직 아쉬움이 남아 있다면 형님은 내 뒤를 쫓아올 때가 아닌 것 같소. 이승에서 남은 일을 하시오."

"이번에야말로 닿을 수 있을까?"

"이미 놈을 통해 느꼈잖소."

진휴가 자리에서 일어나며 산 밑으로 내려갔다.

"형님은 옳은 길을 가고 있소. 실패를 떠올린 순간조차 도."

그 순간.

붉디붉던 매화의 정취가 순식간에 깊은 어둠으로 뒤바뀌며, 천휘성은 몸이 깊은 심연으로 빨려들어 가는 기분을 느꼈다.

그리고 이어지는 추락 속에서 사부가 종종 남겼던 말이 스쳐 지나갔다.

―삶에는 중요한 때가 있는 법이다. 그런 '때'를 잡는 것이 삶에 큰 방향성을 결정하지.

―적절한 때임을 어찌 압니까?

―그건 네가 확인하고, 예상할 수 있는 것이 아니다.

―그럼요?

―네가 해 온 수많은 선택과 노력이 결실을 맺어 네가 더 나은 삶으로 나아가리란 걸 알려 줄 거야. 잡는 게 아니 이미 네게 스며드는 게지, '계기(契機)'로써.

갑자기 그런 말이 떠오른 게 아니었다.

지금, 이 순간 사부의 말은 가장 필요했던 심득이었다.

악운은 이제 확실히 마주할 수 있었다.

새로운 성장을 꾀할 해금의 '때'가 다가온 것을 느낀 것부터 이미 계기는 완성되어 가고 있었다.

삶이 곧 계기였다.

가솔을 잃은 슬픔도, 필생의 적을 향한 분노도, 수많은 노력과 싸움도, 이제 삶에 모두 녹아든 것이다.

계기는 완성되었다.

이제 과거의 무신을 넘어설 '때'가 된 것이다.

※

성 의원은 구슬땀을 닦았다.

치료에 온전히 집중하기 위해 홀로 남은 것이다.

'할 수 있는 일은 다했음이야. 이제 하늘에 맡길 수밖에.'

성 의원은 떨리는 눈빛으로 온몸에 흰 천을 감고 있는 악운을 내려다보았다.

현재까지의 결과는 참혹했다.

야율초재는 손을 댈 수 없을 만큼 상처를 입어 이미 숨이 끊어져 있었고 금벽산은 목숨은 건졌지만 부상이 너무 심해 실명뿐 아니라 반신불수에 이르렀다.

그마저도 언제 깨어날지 가늠할 수 없는 상황이어서, 모두 다 다른 방으로 옮겼다.

악운 역시 상세가 심각했다.

'어떻게 싸웠는지도 모를 지경이야. 버틴 것이 용할 따름…….'

온몸의 크고 작은 검상은 다량의 출혈을 내고 있었고, 주요 사혈까지 손상되었다.

깊은 내상으로 인해 주화입마의 전조 증상까지 감돌았다.

거대한 내공들이 전신에 흩어져 제어 없이 날뛰고 있었던 것이다.

기침(氣針)을 통해 폭주하려는 기가 원활히 흐를 수 있게 돕고는 있었지만, 그마저도 한계에 이르는 중이었다.

그래서 미리 준비한 환단과 약재를 잘게 빻아 제작한 약물을 입안에 흘려 넣어 봤지만, 그럴 때마다 악운의 몸을 타고 흐르는 강력한 독기(毒氣)가 문제를 일으켰다.

마치 살아 있는 것처럼 움직인 독기가 모든 약 기운을 집어삼켜 버린 것이다.

'운이를 해하려는 것으로 인식하는 것이야.'

이를 해결하기 위해 여러 방법을 강구해 봤지만, 뾰족한 수가 없었다.

게다가 어려움은 독뿐이 아니었다.

악운의 신체도 일부만 보통 신체와 흡사할 뿐, 깊이 살필

수록 내부의 구조가 확연히 달랐다.

단전의 경계가 없었으며 수천의 기류가 저마다의 길을 따라 악운이란 거대한 천구(天球) 주변을 운행하는 듯했다.

이 거대하고 섬세한 구조를 잘못 건드렸다가는 오히려 상황을 더 악화하는 상황이 될 게 뻔했다.

'때로 진짜 의원은 무엇을 해야 할지, 무엇을 내려놔야 할지 냉정하게 판단해야 하는 것이니…….'

그깟 의원으로서의 자존심과 그간 해 온 공부의 한계에 절망을 느끼는 건 그저 '잠깐'일 뿐.

스륵.

성 각주는 쥐고 있던 마지막 침까지 내려놓았다.

"이것이 내 최선이구나, 운아."

이제 이 모든 것을 극복할 수 있는 것은 악운의 의지밖에 없었다.

그 순간, 악운의 심장 부근에서 푸른 불꽃이 피어올랐다.

'이건 대체……?'

성 각주가 놀라고 있는 동안에도 청염은 악운의 전신으로 번져 갔다.

성 각주는 그동안 쌓아 온 의원의 경험을 통해 이것이 악운에게 해가 되는 현상이 아님을 단박에 직감했다.

스륵. 스륵.

성 각주는 다시 손을 뻗어 악운의 몸 구석구석에 꽂아 두었던 모든 침을 뽑아 회수했다.

기를 안정시키기 위해 꼽아 뒀던 침이었지만 그건 폭주하는 기의 흐름을 누르는 행위이기도 했다.

기가 원활히 흐르기 시작한다면 이것들은 되레 방해가 되리라.

"후우⋯⋯."

마지막 한숨과 함께 모든 침을 뽑은 찰나.

청염이 삽시간에 악운의 전신을 모두 뒤덮었다.

화르륵!

'이런 불길은 처음이로고!'

곁에 앉아 있음에도 전혀 뜨겁지 않았을 뿐 아니라, 청염의 불길 곳곳에서는 강한 생명의 활력과 약동이 느껴졌다.

'자생하고 있음이야.'

청염이 번져 가는 부위는 놀랍게도 기가 꼬여 폭주하던 자리였다.

악운의 의지로 솟아오른 청염이 폭주하는 기들을 다시 정상적인 흐름으로 이끌어 내고 있는 게 틀림없었다.

그뿐만이 아니었다.

불길이 닿는 신체의 모든 자리가 엄청난 속도로 녹아내렸다가 다시 새살이 꽃처럼 피는 것을 반복했다.

화아아악!

동시에 조금씩 휘몰아치기 시작한 기의 바람.

곁에 있는 성 의원의 머리카락이 휘날릴 정도였다.

'운이에게 큰 변화가 일고 있다.'

그것이 어떤 변화일지는 성 각주도 쉽게 가늠할 수 없었지만, 지금 해야 할 일은 확실했다.

믿은 채로 기다리고, 지켜보는 것.

청명한 하늘.

다시 눈을 뜬 악운은 구름 위를 유영하고 있었다.

쏴아아악!

시원한 바람이 온몸을 휩쓴 찰나.

층층이 나 있는 새하얀 구름을 뚫고 나아간 악운의 밑으로 광활한 대지가 아득하게 펼쳐졌다.

뜨거운 태양 아래 놓인 대지를 지나자 새파란 대양이 펼쳐졌다.

이어서 몰아치는 열풍 속의 삭막한 사막에 이르자, 작은 샘이 보인다.

샘 뒤에는 푸르디푸른 나무들이 거대한 숲을 이루고, 끝없이 높은 산으로 이어져 갔다.

그 선을 따라 이동한 악운의 앞에는 용솟음치는 강렬한 화산의 용암이 나타났고, 깊숙한 지저에서는 뜨거운 수증기가 하늘로 치솟아 먹구름을 자아냈다.

콰콰쾅!

순식간에 거멓게 변한 하늘이 뇌성벽력을 내리치며 장대비를 쏟아 냈다.

악운은 다시 날아올라 드넓은 하늘로 향했다.

그곳에 거대한 태양이 있었다.

하지만 태양은 이질적으로 느껴지지 않았다.

뜨겁지도, 눈이 부시지도 않았다.

오히려 마치 거울을 보는 듯 아늑했다.

악운은 그 태양에 다가가 천천히 스며들었다.

동시에 익숙한 음성이 울려 퍼졌다.

초대 태양성인의 의지가 실린 음성이었다.

─태양 아래 상극, 상생, 상동을 지나 팔방의 괘가 틀을 이루고, 산천(山川)과 풍수(風水)가 이를 끼고 순환하며 휘도니, 만물의 시작과 끝이 네 안에서 약동하였다.

삶과 죽음도 만물의 일부이니.

만물의 위대함을 겸허하게 이해하는 여로에 선 너는 이제 삶과 죽음조차 관통하는 길에 섰다.

미혹과 두려움을 벗어나라, 후예여.

아늑한 태양 안에서 태양정으로 발돋움한 악운은 다시 가

부좌를 튼 천휘성과 마주했다.

마치 넘어선 것을 인정하듯 천휘성은 차츰 악운의 앞에서 가루처럼 흩어지며, 악운을 향해 속삭였다.

−너는 이제 만물에서 태어난 태양정(太陽晶)이니, 심연과 어둠을 벗 삼아 삼키고 끝없이 타오르고 맹렬히 불사르라.

그것이······.

번쩍!

"소명이라."

마침내.

다시 눈을 뜬 악운이 나직이 뇌까렸다.

뒤따라 악운의 온몸에서 피어오른 청염이 사방으로 휘몰아치며, 오색 창연한 서기를 일으켰다.

기이한 현상이 일었다.

육신이 변화한 것도 모자라, 전신에서 피어오른 경이로운 서기가 황금 연꽃의 형태를 만들었다.

웅, 웅, 웅.

어느새 가부좌를 튼 악운의 몸이 부양하여 그 위에 살포시 앉았다.

그러자 연꽃에서 황룡(黃龍)이, 악운의 정수리에서 청염룡(靑炎龍)이, 심장에서 묵룡(墨龍)이 솟아올라 악운을 중심으로 가로지르고 회전했다.

콰아아아앙!

그 여파로 막혀 있던 사방의 문이 뒤로 박살 나며 굉음을
일으켰다.

ᆞ᳁ᆞ

갑작스러운 소란으로 인해 황급히 방 안으로 뛰어든 악정
호는 헛웃음을 짓고 있는 성 각주부터 부축했다.

뒤따라 들어선 언성운 역시 경악이 담긴 눈빛으로 악운을
응시했다.

"가주……."

성 각주는 복잡한 눈빛이 담긴 눈으로 악정호를 돌아봤다.

그사이 눈이 부실 만큼 찬란한 빛을 일으키던 악운이 천천
히 부양 상태를 멈추고 살포시 내려앉아 갔다.

사방을 장악했던 강렬한 기운 또한 삽시간에 악운의 몸속
으로 갈무리되자, 방 안에 무거운 정적이 내려앉았다.

악정호가 나직이 물었다.

"성 각주가…… 해낸 것이오?"

성 각주는 고개를 저었다.

"그럴 리가 있겠습니까. 의원의 힘으로는 불가능한 영역
입니다."

"그럼……?"

성 각주가 가부좌를 튼 채로 굳은 악운을 보며 웃음 지었
다.

"깨어나면 물어보시지요. 저 역시 궁금합니다, 홀홀."

성 각주는 확실히 느꼈다.

이젠 그가 아는 사람 중 천하제일인에 가장 가까운 존재는
악운이라는 걸.

다음 권으로 이어집니다

사령왕 카르나크

임경배 판타지 장편소설

『권왕전생』『이계 검왕 생존기』의 작가 임경배 신작!
죽음의 지배자, 사령왕 카르나크의 회귀 개과천선(?)기!

세계를 발밑에 둔 지 어언 100년
욕망도 감각도 없이 무심히 흘러가는 세월 속에서
결국 최후의 수단으로 회귀를 결심한 사령왕 카르나크!

충성스러운 심복, 데스 나이트 바로스와 함께
막 사령술에 입문한 때로 회귀하는 데 성공!
한 맺힌 먹방을 만끽하는 것도 잠시
뭔가 세상이…… 내가 알던 것과 좀 다르다?

세계의 절대 악은 아직 아무 짓도 하지 않았는데
멸망을 향해 미친 듯이 달려가는 이 세상
저 악의 축들을 저지해야 한다,
인간답게(!) 잘 먹고 잘 살기 위해서는!

꿈의 도약, 로크에서 하십시오
(주)로크미디어에서 신인 작가를 모십니다

즐거운 세상, 로크미디어는 꿈을 사랑하고 도전을 두려워하지 않는 작가 분들의 참신한 작품을 기다리고 있습니다. 21세기 장르 문학계를 이끌어 갈 차세대 선두 주자 (주)로크미디어에서 여러분의 나래를 활짝 펴 보시길 바랍니다.

모집 분야 판타지와 무협을 포함한 장르 문학
모집 대상 아마추어 작가, 인터넷 작가
모집 기한 수시 모집
작품 접수 시 유의 사항
1. 파일명은 작가명_작품명.hwp형식을 갖춰 주십시오.
1. 파일에 들어갈 내용은 다음과 같습니다.
   - 성명(필명인 경우 실명을 밝혀 주세요), 연락처, 이메일 주소
   - 제목, 기획 의도
   - A4용지 1장 분량의 등장인물 소개
   - A4용지 2장 분량의 전체 줄거리
   - 본문
1. 작품이 인터넷에 연재되고 있다면, 게시판명과 사이트의 구체적이고 정확한 주소를 기재해 주십시오.

선택된 작품은 정식 계약 후 출판물로 간행되어 전국 서점에 유통됩니다.
작가 분은 (주)로크미디어의 전폭적인 지원하에 전속 작가로 활동하시게 됩니다.
※ 자세한 내용은 로크미디어 홈페이지(rokmedia.com)를 참조하세요.

(04167)서울시 마포구 마포대로 45 일진빌딩 6층
(주)로크미디어 편집부 신간 기획 담당자 앞
전화 : 02) 3273 - 5135
www.rokmedia.com   이메일 : rokmedia@empas.com